MEURTRE
EN HAUTE MER

LEE STRAUSS

Traduit de l'anglais (États-Unis)
par Benoît Domis

City
Poche

Retrouvez tous les titres City Editions :

www.city-editions.com

Publié pour la première fois aux États-Unis
par La Plume Press sous le titre *Murder at Bray Manor.*
Couverture : © La Plume Press
ISBN : 978-2-8246-2356-6
Code Hachette : 76 8769 3

Collection dirigée par Christian English & Frédéric Thibaud.
Catalogue et manuscrits : city-editions.com

Dépôt légal : Mai 2024

I

Au cours du sombre automne de la dernière année de la Grande Guerre, Ginger Gold s'était jurée de ne jamais retourner en Europe. Pourtant, cinq ans plus tard, en 1923, la voilà qui traversait l'océan Atlantique à bord du SS *Rosa*, parti de Boston pour Liverpool.

—Les invitations à dîner à la table du capitaine ne sont-elles pas un privilège réservé aux passagers de marque ? demanda Haley Higgins.

Ginger appuya une main contre sa taille de guêpe et feignit de se sentir insultée.

—Suggérez-vous que je ne suis pas une passagère de marque ?

—Je n'oserais jamais, répondit Haley d'un ton dégagé. En revanche, je ne suis pas au fait de votre relation avec lui.

—Ah, je vois. En fait, mon père se rendait en Angleterre une ou deux fois par an pour ses affaires. Lui et le capitaine avaient fait connaissance à cette occasion. Bien sûr, c'était il y a quelques années, avant que mon père ne tombe malade. Le capitaine Walsh, qui a reconnu mon nom sur la liste des passagers, a eu l'amabilité de lancer cette invitation. C'est gentil à lui, n'est-ce pas ?

Haley hocha la tête.

—Ce sera sans doute très distrayant.

Ginger choisit une ample robe violette taille basse, avec un ourlet près des chevilles, des bas de couleur peau dont les coutures remontaient à l'arrière de ses jambes fines, et des escarpins noirs à bride en T. Après avoir fixé ses boucles d'oreilles pendantes et tapoté les côtés de son carré court et roux de ses mains gantées, elle fit mine de se présenter.

—Comment me trouvez-vous ?

—Superbe, comme d'habitude, répondit Haley.

Habillée depuis longtemps, elle attendait patiemment dans un fauteuil capitonné rose. Étant du genre raisonnable, elle n'avait mis dans sa valise que quelques tailleurs en tweed et en lin. Comme elle n'attachait guère d'importance à sa « présentation », elle ne rencontrait aucune difficulté à se préparer. Elle était vite prête.

Un petit chien à poil ras noir et blanc était couché en rond sur le dessus-de-lit matelassé rose soyeux de Ginger. Cette dernière le gratta derrière ses oreilles pointues et l'embrassa sur le front.

—Tu es un si bon chien, Boss.

La petite queue du Boston terrier frétilla, marquant son accord.

Ginger compléta son ensemble en drapant un châle rose crème sur ses épaules.

—On y va ? dit Ginger, faisant un signe vers la porte.

Boss se leva et étira ses pattes arrière.

—Oh, désolée, Bossy. Pas toi, cette fois.

Le chien poussa un grognement de déception, puis décrivit un cercle autour de son oreiller, avant de s'installer et de se rendormir promptement.

—J'adore la mer ! Pas vous ? dit Ginger, alors qu'elle et Haley longeaient une coursive extérieure du navire.

Elle écarta ses bras juvéniles et inspira avec exubérance.

—C'est une des raisons pour lesquelles j'aime tant Boston. C'est une ville si tonifiante. On s'y sent si plein de vie !

—Oh, ma chérie, écoutez-vous ! répondit Haley avec amusement. Votre côté typiquement britannique latent devient plus prononcé à mesure que nous approchons de l'Angleterre. (Singeant l'emploi soudain par Ginger d'un accent anglais, elle ajouta :) On s'y sent *si plein de vie.*

Bien que Ginger se considérât comme une Bostonienne jusqu'au bout des ongles, elle embrassait son héritage anglais. Après tout, le Massachusetts faisait bel et bien partie de la Nouvelle-*Angleterre*.

—Vous avez bigrement raison, ma vieille, reconnut Ginger avec un accent anglais exagéré.

Elle rit de bon cœur, faisant naître un sourire sur l'expression d'ordinaire stoïque de Haley.

—Quand vous parlez comme cela, vous me rappelez votre père, remarqua Haley.

Ginger plaça une main sur son cœur.

—Oh, il me manque tellement.

—À moi aussi.

—Pour lui rendre hommage, je serai on ne peut plus britannique pour la durée de mon séjour à bord.

Un sourire envahit le large visage de Haley.

—Et vous le ferez avec votre charme habituel.

Ginger passa son bras dans celui de son amie.

—Venez, future docteure Higgins. Ne faisons pas attendre le capitaine.

—Si vous y tenez, madame Gold, répondit Haley. (Puis, elle ajouta :) Vous savez, je pense que le capitaine s'intéresse à vous.

—*Pfff.* Comment pouvez-vous dire une chose pareille ? Nous ne l'avons croisé qu'une seconde. (Ginger chassa cette idée d'un petit geste de sa main gantée.) En outre, il est marié.

—Pour des hommes comme lui, je doute que ce soit un obstacle, répliqua Haley avec raideur.

Un escalier large et moderne, recouvert d'une luxueuse moquette rouge, menait à l'élégante salle de restaurant des passagers de première classe sur le pont supérieur.

—Très chic, commenta Haley. Je ne suis pas certaine d'y avoir ma place.

—Ne dites pas n'importe quoi, répondit Ginger avec désinvolture. Vous êtes avec moi !

Haley s'esclaffa légèrement.

—Un accessoire ? Je ne suis sûrement pas assez haute en couleur pour m'accorder avec votre style.

Ginger rit, un rire gai et vif, dont son mari, Daniel, avait dit un jour qu'il lui évoquait des fées dansant sous une cascade.

—Vous êtes dans la place, ma chère Haley. C'est ce qui compte.

La moquette rouge continuait partout dans le restaurant, mettant en valeur le tissu vert jade et vieux rose des chaises groupées par quatre autour de tables rondes en châtaignier, ornées de moulures en cuivre.

—Les voilà, dit Ginger, qui ouvrit la marche vers la table où leurs hôtes étaient assis.

Le capitaine Walsh était un homme séduisant, de taille et de poids moyen. Ses épais cheveux bruns grisonnaient légèrement aux tempes. Dès qu'il les aperçut, il se leva, respirant l'autorité.

—Madame Gold. C'est un plaisir.

—Tout le plaisir est pour nous, dit Ginger en lui serrant la main.

Sa paume était large, mais douce, et il portait une chevalière ornée d'une pierre de jade vert plate. La manche de sa chemise glissa hors du poignet de sa veste garni de quatre chevrons, et Ginger nota la présence d'un beau bouton de manchette, une pièce en argent luisante estampée d'une fleur de lys.

Désignant Haley, elle ajouta :

—Et voici ma compagne de voyage, Mlle Higgins.

Le sourire du capitaine resta en place, alors qu'il offrait sa main.

—Enchanté.

Haley lui serra la main avec une poigne pleine d'assurance.

—Pareillement.

—Permettez-moi de vous présenter ma femme, Mme Walsh.

La femme maigre assise à sa droite était vêtue d'une blouse de style fin Belle Époque, cintrée à la taille. Sa posture exagérément raide indiquait qu'elle portait certainement un corset à l'ancienne. Elle les salua d'un signe de tête, mais se garda d'offrir sa main, ou même de sourire. Ginger mit son humeur maussade sur le compte du corset.

—Enchantée, madame Walsh.

Ginger s'assit à côté du capitaine, tandis que Haley s'installait à côté de son épouse.

—Permettez-moi d'abord de vous remercier de votre généreuse invitation à nous joindre à vous pour notre première soirée, dit Ginger. Je suis certaine que ces places sont très convoitées !

—C'est à ma plus grande joie que j'accueille la fille de M. Hartigan à mon bord. Votre père était un gentleman respectable, et je suis honoré de l'avoir connu. Je regrette seulement que son décès l'empêche d'être des nôtres aujourd'hui.

—Tout comme moi. (Ginger tapota le bras de Haley.) Mlle Higgins, son infirmière personnelle pendant ses dernières années, lui a témoigné toute la compassion et tout le respect qu'il méritait. Elle a également été d'un grand réconfort pour ma petite sœur et ma belle-mère. Je ne sais vraiment pas ce que nous aurions fait sans elle.

Ginger était sincère, mais elle espérait aussi que son éloge balaie les éventuels préjugés que la mise peu orthodoxe de Haley pouvait susciter.

—Quelle chance qu'elle puisse vous accompagner à Londres, dit Mme Walsh avec un net accent anglais.

—C'est exact, le hasard fait extraordinairement bien les choses, répondit Ginger. Juste au moment où je me préparais à aller régler la succession de mon père à Londres, Mlle Higgins a appris qu'elle devait y poursuivre ses études de médecine.

Mme Walsh sembla stupéfaite.

—Une femme médecin ?

—Beaucoup de portes s'ouvrent pour une femme moderne, madame Walsh, expliqua Haley. En fait, l'établissement en question est la London School of Medicine for Women.

—Mais pourquoi Londres ? demanda le capitaine Walsh. Bien que je sois le premier à reconnaître l'attrait de cette ville, il existe certainement un équivalent aussi prestigieux en Amérique ?

—Oui, bien sûr, répondit Haley. J'ai terminé deux années à l'université de Boston, avant de m'engager pendant la guerre. (Une ombre apparut brièvement derrière ses yeux.) Disons que j'avais besoin de changer d'horizon.

Le catalyseur de ce changement était le fiancé de Haley, qui, malgré les répercussions sociales potentielles, avait brusquement rompu avec elle pour poursuivre une autre femme de ses assiduités.

Avant que le capitaine ou Mme Walsh ne puisse pousser plus loin, Ginger intervint :

—Mlle Higgins a servi comme infirmière pendant la guerre, en France et en Angleterre. Elle s'est attachée à Londres, hein, *ma vieille* ?

Ginger rit de son emploi de l'anglais courant, et Haley sourit d'un air narquois.

—Oui, c'est vrai.

Un serveur prit leur commande de boissons, et quand il revint, Ginger accepta avec plaisir son verre de bon vin français.

—Même si nous ne sommes plus aux États-Unis, je ne peux m'empêcher de me sentir coupable. (Elle lança un regard par-dessus son épaule et rit.) Je m'attends presque à ce qu'un agent du bureau de la Prohibition m'arrête d'une minute à l'autre !

—Soyez rassurée, dit le capitaine Walsh avec un sourire. Ce navire est sous l'autorité de Son Altesse Royale, à qui il arrive de boire un verre ou deux.

Ginger sirota délicatement son vin, laissant la sensation fruitée lui picoter la bouche avant d'avaler. Elle poussa un soupir de satisfaction.

Mme Walsh tendit la main vers son verre, mais le capitaine le déplaça hors de sa portée.

—Pas vous. Vous savez ce qui se produit quand vous buvez trop.

Mme Walsh pinça les lèvres en signe de colère, mais elle se tint coite.

Ginger et Haley échangèrent un regard. Si le capitaine veillait sur sa femme, sa discrétion laissait à désirer. Toute la tablée partagea la gêne ressentie par Mme Walsh.

Heureusement, le repas arriva, dissipant la situation. Ginger saliva à la vue de l'agneau rôti servi avec sa sauce à la menthe, des pommes de terre rôties et des haricots verts au beurre. Tout sentait divinement bon. Le chef cuisinier, un homme replet au teint rose et aux yeux sombres, apparut à côté du capitaine, attendant son verdict.

Le capitaine Walsh prit soin de bien mâcher et de faire descendre le petit bout de viande avec une gorgée de chardonnay.

—C'est bon, Babineaux.

Après sa première bouchée, Ginger ajouta avec enthousiasme :

—Simplement délicieux !

Babineaux inclina le menton, puis il jeta un coup d'œil à Mme Walsh. Un regard passa entre eux, alors que l'épouse du capitaine exprimait son approbation d'un hochement de tête, concédant un sourire. Était-ce le fruit de l'imagination de Ginger, ou avait-elle été le témoin de quelque chose de plus éloquent que la communication d'une banale évaluation culinaire ?

Une belle femme était assise à une table à l'autre bout de la salle. Ginger reconnut Nancy Guilford, la célèbre actrice américaine. En sa compagnie se trouvaient plusieurs messieurs – dont un particulièrement fringant, estima Ginger – et une femme d'âge moyen. Ginger admira la robe orientale taille basse de Mlle Guilford, un modèle exotique bleu océan, garni de fourrure. Son carré court blond ondulé exposait des boucles d'oreilles en diamant, qui brillaient sous la lumière électrique. Elle avait des lèvres épaisses, rouge vif.

—Patty, soyez un ange et passez-moi mes clopes, dit Nancy Guilford avec un fort accent du New Jersey.

Elle parlait avec une voix étonnamment nasillarde, ne correspondant en rien à ce que l'on attendait d'un si beau visage, si sophistiqué.

Sa compagne lui donna un paquet de cigarettes, que Mlle Guilford ouvrit de ses doigts gracieux.

Elle en plaça une dans un fume-cigarette couleur ivoire, qu'elle porta à ses lèvres. L'un des hommes (pas le fringant gentleman, nota Ginger avec satisfaction) sortit rapidement un briquet en cuivre et offrit une flamme. Mlle Guilford inhala, puis souffla une longue bouffée de fumée dans la direction du capitaine.

D'une activité somme toute banale, routinière – un simple inspirer/expirer –, Nancy Guilford avait tiré une prestation fascinante. Même si quelqu'un parmi les convives n'avait pas reconnu l'actrice, son style et son charisme forçaient l'attention. Ginger était sûre que la salle de restaurant tout entière l'avait remarquée. Mme Walsh en particulier semblait agitée. Elle lança un regard furieux à Mlle Guilford, jalousie et méfiance se lisant dans ses yeux.

Ginger ne trouva pas sa réaction exagérée. Pas le moins du monde. La blonde fixait le capitaine sans la moindre gêne. Puis, alors qu'elle croisait les jambes, elle prit soin d'exposer son mollet crémeux et *nu*.

Oh, miséricorde.

Le capitaine Walsh tira sur son col et feignit de ne rien remarquer. Tous les quatre se remirent à échanger des politesses, émaillées de considérations sur la qualité des mets et la splendeur de la salle de restaurant.

Pendant tout le repas, les yeux du capitaine vagabondèrent du côté de l'actrice glamour. Mais le reste du temps, il regarda Ginger d'une manière qui la mit quelque peu mal à l'aise. Elle craignait que Haley n'ait eu que trop raison sur son compte.

2

— Intéressante, cette soirée, n'est-ce pas ? dit Ginger, quand elle et Haley retournèrent à leur cabine de luxe.

Haley était du même avis.

—Oui, tout à fait.

Ginger entreprit de se déshabiller, faisant signe à Haley de l'aider avec la fermeture Éclair de sa robe.

—L'actrice n'avait d'yeux que pour le capitaine, et le chef... Avez-vous remarqué la façon dont il regardait la femme du capitaine ?

—Une situation alambiquée.

—Mais follement distrayante, n'est-ce pas ?

Haley hocha la tête.

—Oui.

Ginger serait incapable de se reposer tant qu'elle n'aurait pas fini de déballer ses affaires. Elle contempla d'un air renfrogné ses trois grosses malles, ses quatre valises, et la douzaine de cartons à chapeau. Bien sûr, il n'était pas indispensable de tout sortir pour une traversée de cinq jours. Mais si elle s'en abstenait, l'odeur détestable du pin et des boules de naphtaline serait très certainement incrustée dans les fibres de sa garde-robe avant qu'elle n'arrive à Londres, et cela, elle ne pouvait l'accepter.

—D'habitude, c'est Molly qui s'en occupe, dit Ginger. Sa peur de l'eau profonde s'est révélée un obstacle insurmontable et elle a refusé de m'accompagner. Je ne peux pas lui en vouloir, je suppose.

—Je pourrais vous aider, proposa Haley, même si je ne suis pas très au fait de la mode.

—Je vous en serais si reconnaissante ! dit Ginger. La seule compétence requise consiste à mettre les vêtements sur des cintres, puis à les ranger dans la penderie, en commençant par les robes de jour sur la gauche, puis les robes d'après-midi, et enfin les robes du soir.

—Je crains de ne pas faire la différence.

—Vraiment, Haley ? (Ginger se demanda si son amie parlait sérieusement, ou si elle plaisantait.) Très bien. Ceci est une robe de jour.

Ginger leva une robe vichy de couleur vive. Elle ouvrit une deuxième malle et fouilla à l'intérieur, avant d'en extraire une robe élégante en mousseline de soie crème, avec une large ceinture noire fermée par un nœud en taffetas.

—Celle-ci est une Jeanne Lanvin, qui convient pour un thé l'après-midi, ou pour un dîner pas trop habillé.

—Qui est Jeanne Lanvin ?

Ginger se figea.

—Seulement la plus novatrice des nouvelles stylistes à Paris !

—Oh, bien sûr, dit Haley d'un air pince-sans-rire.

—Et cette robe du soir…, annonça Ginger avec des inflexions mélodieuses dans la voix… est une Coco Chanel, idéale pour une soirée dansante.

Elle leva une robe droite sans manches, en rayonne, qui chatoyait avec des couches de crêpe de soie très fines contre son corps. La jupe bruissa quand Ginger se déhancha ; le bas de l'ourlet s'arrêtait de manière choquante à mi-mollet.

—Vous avez forcément entendu parler de Coco Chanel ?

Haley lui lança un regard exagérément offusqué.

—Je n'habite pas sous un rocher.

Ginger rit. Elle éprouvait une profonde affection pour sa compagne de voyage. Elles avaient fait connaissance en France pendant la guerre.

L'infirmière Higgins avait, à elle seule, sauvé d'une mort certaine un collègue de Ginger – l'homme avait eu une rencontre malencontreuse avec une lame tranchante de fabrication allemande. Ginger s'était présentée sous le nom de Mlle Antoinette Lafleur. Elle avait été si convaincante en citoyenne française que Haley en était presque restée bouche bée, au moment de leurs retrouvailles à Boston, après la Grande Guerre. Quand il était apparu que son père avait besoin de soins, Ginger était expressément allée s'adresser à Haley. Et cette dernière avait eu le mérite d'accepter l'explication de Ginger, selon laquelle Mlle Lafleur avait été créée pour l'effort de guerre. Son existence avait pris fin avec la guerre, et Ginger ne pouvait pas en dire plus.

Boss eut un hochement de la tête, et il étendit une petite patte noire depuis là où il dormait, au pied du lit de Ginger. Il bâilla en guise de salutation, puis ferma aussitôt les yeux et émit un léger ronflement.

Ginger se changea pour la nuit – un teddy une pièce en satin vert jade, garni de dentelle champagne. Haley enfila un simple caraco blanc et une culotte bouffante assortie, puis elle enleva les épingles de ses longs cheveux châtains bouclés, entortillés dans son cou pour créer l'illusion d'un carré court ondulé. Assise devant le miroir de la coiffeuse, elle se brossa les cheveux et s'adressa au reflet de Ginger.

—Êtes-vous prête, madame Gold ?

—Prête pour quoi ?

—Pour votre nouvelle vie à Londres.

—Je n'y ai pas mis les pieds depuis dix ans.

Le dernier séjour de Ginger en Angleterre remontait à sa lune de miel, en 1913. Tout son travail pendant la guerre avait eu lieu sur le continent.

—Je ne sais pas trop à quoi m'attendre, ajouta-t-elle.

—Le monde semble avoir complètement changé, répondit Haley. J'imagine que nous serons toutes les deux surprises.

—Vous devez être excitée à l'idée de reprendre vos études de médecine, dit Ginger, secrètement envieuse de son amie.

Les souvenirs que gardait Ginger de ses années à l'université de Boston figuraient parmi ses préférés. Elle avait apprécié l'atmosphère studieuse des lieux et la camaraderie de ses condisciples. Ses cours de langues et de mathématiques s'étaient révélés particulièrement utiles pendant la guerre, mais à présent, Ginger ne savait absolument plus quoi faire de son temps.

—Oui, admit Haley, mais je pense que Boston me manquera.

Ginger enroula une courte mèche de cheveux autour de son index, pour renforcer la boucle qui tournait vers sa joue.

—Je ne suis pas sûre que je serai partie assez longtemps pour qu'elle me manque.

—Ah bon ? (Haley s'immobilisa, en plein brossage.) Qu'est-ce qui vous fait dire ça ?

—Il se peut que je décide de vendre Hartigan House et de rentrer aux États-Unis. Bien que je sois née en Angleterre, je n'avais que huit ans quand mon père a épousé Sally et a déménagé. Je crains d'être très américaine.

—Je vous le confirme, Ginger, vous êtes très américaine.

—Mais, comme vous le savez, je peux être aussi anglaise que n'importe quel Britannique, si je le veux vraiment. Mon père est resté on ne peut plus anglais jusqu'au jour de sa mort.

Haley reposa la brosse sur la coiffeuse et grimpa dans son lit.

—Vous êtes culturellement pleine de ressources.

—Sally ne me manquera pas le moins du monde, poursuivit Ginger, mais il se peut que je regrette Louisa.

—Votre demi-sœur est… mémorable.

—Elle est gâtée, odieuse et insupportable, vous voulez dire.

—Je ne le dirais jamais.

—Je pense me plaire à Londres, au moins pour un temps, ajouta Ginger, alors qu'elle se réfugiait sous les couvertures. Mais comment vais-je bien pouvoir m'occuper ?

—Je suis sûre que vous trouverez largement de quoi vous distraire et vous amuser.

—Au début, certainement. Mais après ? Vous, vous avez votre carrière. Boston est mon foyer, mais avec uniquement Sally pour m'accueillir au retour, ce n'est pas une perspective aussi engageante.

—Donc, vous êtes partagée, dit Haley. Rester à Londres, où vous ne connaissez personne à part moi, et risquer l'ennui, ou vendre Hartigan House et rentrer à Boston, où vous appartenez à un cercle social. Mais en raison de ce même cercle, vous seriez dans l'obligation de vivre avec votre méchante belle-mère.

—Précisément. Haley Higgins, vous êtes si perspicace.

—C'est une des compétences requises dans ma profession.

—Et, pourtant, vous ne m'avez été d'aucune aide. Je ne suis toujours pas plus avancée.

—Chère Ginger, vous êtes jeune, vous êtes belle et, qui plus est, vous êtes une héritière. Par conséquent, vous avez des chances de rencontrer un bon parti ou deux. Voilà qui devrait suffire à vous distraire. À moins, bien sûr, que vos sentiments pour M. Wellington ne soient plus profonds que vous ne le laissez paraître.

M. Wellington était un comptable prospère, né et élevé à Boston, et un soupirant d'une patience à toute épreuve. Il avait surgi de nulle part, à peine quelques jours après la fin de la période officielle de deuil pour Daniel. Un homme de vertu, à la morale irréprochable. N'importe quelle femme aurait sauté sur l'occasion de l'épouser. Il n'était pas laid, juste quelconque, avec sa peau assez pâle et son ventre un peu, mais pas trop bedonnant, probablement dû à une existence sédentaire et casanière. Il aimait l'ordre et la logique, et approchait la vie avec des sentiments similaires, ne manifestant que peu d'intérêt pour la passion et la spontanéité.

Tout le contraire de Daniel, en tous points.

Elle avait fini par décliner sa demande en mariage, et bien qu'elle regrettât de l'avoir blessé, elle savait qu'ils n'auraient jamais connu le bonheur ensemble. En outre, il voulait des enfants, et c'était une promesse qu'elle ne pouvait simplement pas lui faire. Mère Nature y avait veillé.

L'esprit de Ginger l'amena momentanément à songer au fringant gentleman qu'elle avait aperçu plus tôt à la table de Mlle Guilford. Un homme bien habillé, avec des yeux intelligents, luisants de passion. Ginger joua avec l'anneau en or à son doigt, comme elle en avait l'habitude, puis s'interrompit soudain, submergée par la honte. Comment pouvait-elle astiquer son alliance, tout en pensant au physique avantageux d'un inconnu ?

Boss, sentant le besoin émotionnel de sa maîtresse, vint se couler à côté d'elle, alors qu'elle se glissait sous les couvertures, et fourra son nez contre son cou.

—Oh, Boss, tu es un amour, chuchota Ginger.

Elle et Haley lurent un certain temps à la lumière de leurs lampes de chevet électriques – Haley plongée dans un manuel de médecine, Ginger préférant le nouveau roman policier d'Agatha Christie.

Ginger aurait pu réserver des cabines séparées, mais avoir quelqu'un avec elle ne la dérangeait pas, surtout avec sa femme de chambre, Molly, restée à Boston. Elle avait donné le choix à Haley, mais son amie n'était pas du genre à profiter du fait que Ginger avait de l'argent. Elle s'était montrée reconnaissante de cet arrangement qui lui permettait de couvrir le prix de son voyage jusqu'à Londres.

Enfin, les paupières de Ginger s'alourdirent.

—Je tombe de sommeil. Ça suffit pour aujourd'hui, dit-elle.

Haley appuya sur l'interrupteur à côté de son lit, et les lumières électriques s'éteignirent.

—Bonne nuit, Ginger.

—Bonne nuit, Haley.

Quelques moments plus tard, le silence paisible fut rompu par un fort sifflement.

—Boss ! s'indigna Ginger.

—De grâce ! dit Haley. Craquez une allumette !

3

Le lendemain matin, Ginger laissa tomber un numéro de *Pearson's Magazine* sur la table à côté de sa tasse de café et de l'assiette pleine de miettes. Le mensuel était ouvert à la page des mots croisés, avec chaque case remplie à l'encre.

—Ils sont beaucoup trop faciles, dit Ginger.

Haley leva les yeux au ciel.

—Vous dites ça chaque fois.

—C'est vrai chaque fois.

—Alors, pourquoi continuez-vous de les faire ?

—J'espère finir par caler sur une grille.

Haley marqua un temps de réflexion.

—Je doute que cela se produise un jour. Peut-être devriez-vous les créer vous-même ?

—C'est une idée. Mais si je connais les réponses à l'avance, l'exercice perd tout intérêt pour moi.

Un serveur revint avec son chariot pour remplir de nouveau leurs tasses, et leur proposer des croissants et du pain frais. Ginger et Haley, qui avaient déjà avalé un copieux petit déjeuner à l'anglaise – bacon et œufs –, se contentèrent de reprendre du café.

—Je suppose qu'il faudra nous mettre au thé, une fois que nous serons en Angleterre, dit Ginger.

—Certainement pas, répondit Haley, alors qu'elle ajoutait une dose généreuse de crème et deux cuillerées de sucre à son café noir. J'espère juste trouver du café assez corsé pour moi.

—J'adore le bon café, mais avouez que ce rituel de l'heure du thé a quelque chose de charmant et de sophistiqué. Les tasses en porcelaine délicates, le petit doigt en l'air... Ce n'est pas pour me déplaire.

Ginger accompagna cette dernière remarque d'une démonstration, histoire de plaisanter.

—Vous y serez comme un poisson dans l'eau, madame Gold.

—En fait, les Anglais voient d'un assez mauvais œil cet usage du petit doigt.

Elle rit, et Haley se joignit de mauvaise grâce à son hilarité par un demi-sourire.

—Avez-vous prévu de rendre visite à votre belle-famille ? demanda Haley avec circonspection.

Elle sirota son café et garda les yeux détournés.

—Cela ne me dérange pas de parler d'eux, dit Ginger, remarquant la gêne de son amie. Et de Daniel.

Haley croisa le regard de Ginger, mais se contenta de hocher la tête.

—Il ne reste plus qu'Ambrosia, la grand-mère de Daniel, et sa sœur Felicia. Cette famille a connu tant de tragédies. Les parents de Daniel ont été tués dans un accident de calèche, laissant Daniel et Felicia orphelins, quand Felicia était encore en bas âge. Son grand-père a succombé à un arrêt du cœur avant même la naissance de Daniel. Au retour de notre lune de miel, en 1913, Ambrosia était la lady de Bray Manor et Felicia n'avait que onze ans. (Ginger fronça les sourcils.) Daniel a toujours été préoccupé par le fait que sa sœur grandisse sans véritable mère pour l'élever. Il s'est senti terriblement coupable de l'abandonner, quand il est venu à Boston. Je ne pense pas qu'il ait eu l'intention de rester aussi longtemps qu'il l'a fait. Ensuite, la guerre l'a appelé.

—Je croyais qu'il avait traversé l'Atlantique expressément pour vous rencontrer ?

—Disons qu'il s'intéressait à la fortune des Hartigan. Avant son décès, son père avait couvert sa famille de dettes de jeu, et Daniel a fait ce qu'il estimait être son devoir pour sauver Bray Manor.

—Il vous a épousée pour votre *argent* ?

Haley ne parvint pas tout à fait à masquer l'horreur que lui inspirait cette révélation.

Ginger la regarda par-dessus le bord de sa tasse.

—Cela s'est déjà vu. Mon père y était favorable. Daniel était sans-le-sou, mais il possédait un titre.

Haley reposa brutalement sa tasse à moitié vide.

—Quoi ? Comment avez-vous pu me cacher une chose pareille ?

Ginger leva une épaule.

—Vous savez bien que les Américains trouvent les titres britanniques prétentieux. Dans le monde des affaires, mieux vaut s'en passer. On aura toujours plus d'estime pour un homme qui s'est fait tout seul que pour un autre né dans l'opulence. Mon père avait un profond respect pour le titre de Daniel, mais il ne s'en est jamais servi pour le présenter à qui que ce soit. En outre, Daniel et moi avons fini par tomber amoureux, la question est donc devenue sans intérêt.

—Et vous, avez-*vous* un titre ?

Ginger poussa un petit soupir et murmura :

—Lady Gold. Mon mari était un baron. Daniel, lord Gold.

—Lady Gold !

—*Chut !* Inutile d'attirer l'attention.

—Mais, Ginger… (Haley ne put s'empêcher de glousser.) Vous êtes une *lady*.

Ginger plissa les yeux.

—« Mme Gold » fera très bien l'affaire, merci.

Un couple âgé vint s'installer à la table attenante. Ils semblaient déjà ressentir les effets du décalage horaire, à moins qu'ils n'appartiennent aux passagers infortunés dont l'estomac se rebellait à l'idée de traverser l'océan. L'homme et la femme offraient un contraste saisissant : lui était maigre comme un clou, comme s'il ne mangeait absolument rien, gardant tout pour sa corpulente moitié. Elle avait des cheveux blancs comme un linge, mais coiffés d'une main experte avec un fer à lisser. Indubitablement, *sa* femme de chambre n'avait pas refusé de l'accompagner. Bien que sa taille lui imposât de porter du sur-mesure, Ginger nota la qualité des tissus et le style moderne.

—Mme Fairchild, dit la femme en guise de présentation. De Londres. (Elle tapota la jambe de son mari silencieux.) M. Fairchild, mon mari. Le pauvre, il a la courante. J'ai insisté pour visiter New York à l'occasion de notre cinquantième anniversaire de mariage – je suis née là-bas –, mais tout a tellement changé ! J'ai à peine reconnu la ville. J'ai failli fondre en larmes. Ce voyage a été une épouvantable déception. (Elle marqua une pause pour reprendre haleine, puis demanda :) Et vous êtes ?

Ginger sourit.

—Mme Gold, et voici…

Mme Fairchild jeta un bref regard en direction de Haley, et l'indignation sembla lui couper le souffle.

—Vous avez laissé votre femme de chambre vous accompagner pour le petit déjeuner ?

—Non, non. Je vous présente mon amie, Mlle Higgins.

Haley, qui feuilletait le magazine de Ginger, le leva pour se cacher et fit une grimace. Ginger réprima le gloussement qui menaçait de fuser.

—Elle est infirmière.

—Infirmière ? répéta Mme Fairchild. Oh, eh bien, voilà qui explique tout, alors.

—Mlle Guilford aimerait remplacer la confiture par du miel, et le jambon par du bœuf.

La voix au fort accent du New Jersey qui venait de porter à travers toute la salle de restaurant appartenait à l'assistante de Nancy Guilford et attira l'attention de Mme Fairchild.

Un jeune serveur aux cheveux aussi roux que ceux de Ginger lui répondit :

—Mlle Guilford se joindra-t-elle à nous, mademoiselle Applebalm ?

—Non. Elle a mal à la tête et a demandé si je pouvais lui apporter son petit déjeuner.

—Bien sûr, mademoiselle.

Les lèvres fines et pincées de Patty Applebalm formaient une moue déterminée.

—Et pas de thé, du café. Mlle Guilford n'aime pas le thé. Et ajoutez du sucre, s'il vous plaît.

—Nancy Guilford et vous avez un point commun, dit Ginger à Haley.

—Peut-être s'agissant de café, admit Haley. Mais pour l'aspect vestimentaire, je vous la laisse.

—J'adore son sens de la mode, c'est vrai. Mais je crois qu'elle se montre plus dure que moi avec son personnel.

—Je suis d'accord, dit Haley.

Ginger soupira.

—Molly me manquera.

—Je suis certaine que vous lui manquerez aussi.

Ginger et Haley restèrent captivées par l'assistante de l'actrice.

—Que pensez-vous de Mlle Applebalm ? demanda Ginger.

—De sa relation avec Nancy Guilford, vous voulez dire ?

—Oui.

Haley réfléchit un moment avant de répondre.

—Je dirais qu'elle lui est entièrement dévouée.

—Je suis d'accord. Il n'y a qu'à voir sa détermination à toute épreuve à satisfaire les exigences de Mlle Guilford. Et quand elle la regarde, elle semble devenir sentimentale.

Haley hocha la tête.

—J'ai remarqué la même chose. Peut-être est-elle plus qu'une simple employée.

—Un lien familial ? demanda Ginger.

—C'est mon hypothèse.

—Une tante ?

—Peut-être.

—Pour moi, elle est la tante de Mlle Guilford, dit Ginger avec assurance. Une orpheline, et une femme sans enfants, qui a élevé Nancy Guilford comme sa propre fille.

—Cela fait beaucoup de conjectures, répondit Haley.

—C'est une manière de passer le temps qui en vaut une autre.

Mme Fairchild se pencha vers elle, des miettes éparpillées sur sa poitrine.

—Vous avez tout à fait raison, madame Gold. J'ai connu les Applebalm autrefois, une famille pauvre comme Job. La mère de la jeune Nancy est morte quand j'étais petite, et en l'absence d'un père, sa tante, Mlle Applebalm, l'a aimée comme sa fille. Elle serait prête à tout pour elle, d'après moi. À tout.

Quelque peu troublée, Ginger trouva que Mme Fairchild jouissait d'une ouïe à la finesse surprenante pour son âge. À l'avenir, elle devait se souvenir de baisser la voix. Elle s'écarta de la table en repoussant sa chaise et chuchota à Haley :

—Je dois aller m'occuper de Boss. C'est l'heure de son petit tour au chenil.

Bien que Ginger ait réussi à contourner le règlement à bord qui imposait d'y laisser son chien, il fallait bien lui donner l'occasion de « faire ses besoins ».

Elle salua aimablement les Fairchild avant de prendre congé.

—Bonne journée. J'ai été enchantée de faire votre connaissance.

Au lieu de descendre immédiatement dans l'entrepont, Ginger entraîna Boss sur la passerelle supérieure, qui offrait la meilleure vue. Marquant une pause pour profiter du soleil, elle se pencha par-dessus le bastingage en acajou lisse et brillant. Elle regarda la bande blanche des vagues qui se brisaient contre la coque du SS *Rosa*, alors qu'il traçait sa route à travers l'Atlantique.

Le soleil de cette fin d'été se reflétait sur les flots, une étendue étincelante à perte de vue. La jupe de la robe bleue de Ginger claquait au vent autour de ses mollets. Elle se servit de sa main libre pour empêcher son chapeau de plage en paille de s'envoler, tandis qu'elle penchait la tête en arrière, et levait les yeux vers les imposantes cheminées peintes en rouge et noir au centre du navire. Elles lui parurent encore plus impressionnantes de près.

—Je vous ferai arrêter pour insubordination !

Ginger reconnut la voix en colère et se retourna au moment où le capitaine et M. MacIntosh, son second, arrivaient en haut de l'escalier, en chemin vers le pont.

—Espèce de canaille ! cria MacIntosh, quelques pas derrière son supérieur.

Le capitaine Walsh fit volte-face et planta son doigt dans la poitrine de MacIntosh.

—Vous aurez de la chance si vous trouvez encore quelqu'un qui veut de vous comme simple matelot, quand j'en aurai terminé avec vous.

Leur dispute les absorbait tellement qu'ils n'avaient pas remarqué la présence de Ginger.

Du moins jusqu'à ce que Boss, sensible à la tension ambiante, se mette à aboyer. Ginger pesta contre elle-même, pour n'avoir pas pensé à faire signe à son petit compagnon de se taire.

Le capitaine et son second reportèrent leur attention sur elle.

—Oh, bonjour ! les salua Ginger d'une voix exagérément forte. Je ne vous avais pas entendus. Je me suis permis de monter profiter de la vue. Je ne dérange pas, j'espère ? Quelle belle journée, n'est-ce pas ? Je suis désolée de ne pas pouvoir rester plus longtemps, mais je dois ramener mon chien à l'entrepont. Je sais, je sais, je ne suis pas censée le sortir, mais j'ai tendance à n'en faire qu'à ma tête. (Elle les gratifia d'un grand sourire et battit des cils.) N'en veuillez pas aux responsables du chenil.

Le capitaine Walsh se détendit et retrouva son sourire professionnel, alors qu'il approchait.

—Bien sûr, madame Gold. Vous êtes la bienvenue partout sur ce navire. Et nous fermerons les yeux cette fois pour votre chien.

—Merci, dit Ginger, tirant sur la laisse de Boss.

—Profitez bien de ce beau temps, ajouta le capitaine Walsh. J'ai bien peur qu'il ne tienne pas jusqu'à notre arrivée en Angleterre.

—Ah ? Rien de sérieux, j'espère ?

L'estomac de Ginger se noua à l'idée que le SS *Rosa* affrontât une violente tempête à mi-parcours.

Le capitaine Walsh chercha à la rassurer.

—Vous n'avez aucune inquiétude à avoir.

— Très bien. Bonne journée, capitaine !

Elle voulut ensuite saluer le second, mais MacIntosh n'était plus là.

Ginger se surprit à hâter le pas, alors qu'elle descendait vers l'entrepont. Son cœur battait la chamade, affolé par la querelle dont elle avait été le témoin, et par le numéro auquel elle avait dû se livrer. Avant qu'elle n'atteigne le niveau le plus bas et n'ait à parler au matelot qui contrôlait les allées et venues, elle s'arrêta pour reprendre son calme.

Ces cinq années d'inactivité l'avaient ramollie.

4

Boss poussa de petits cris plaintifs, et Ginger comprit qu'elle ferait mieux de l'amener au chenil avant qu'il ne lui arrive un accident. À l'entrée de l'entrepont, un matelot différent de celui de la veille lui demanda :

—Puis-je vous aider ?

Ginger tapota les extrémités de son carré court de sa main gantée.

—J'ai une autorisation particulière pour faire entrer et sortir mon chiot du chenil. Mon nom est Mme Gold. Le capitaine vous le confirmera.

Cette fois, au moins, elle ne mentait pas.

—Inutile, madame. Votre parole me suffit.

Ginger se prépara au changement d'atmosphère qui l'attendait et descendit. Il faisait sombre dans le ventre du navire, et l'entrepont sentait mauvais. Les animaux qui y résidaient n'étaient pas les seuls responsables. La puanteur de la saleté humaine imprégnait également les lieux. Elle répugnait à y passer trop de temps, de peur de rapporter cette odeur en première classe.

Ginger avait honte de cette manière de penser si terriblement snob. Elle attira les regards de tous les voyageurs de troisième classe, qui la fixèrent sans complexe. Bien qu'elle ait fait de son mieux pour s'habiller simplement – sa robe la plus ordinaire et son chapeau de paille –, il n'échappa à personne qu'elle était issue d'un milieu privilégié. Ces gens portaient des vêtements passés de mode, usés, aux couleurs ternes. Les femmes nouaient leurs cheveux en chignon imposant sur le sommet de la tête, sans aucune recherche. Les cheveux des hommes dépassaient la longueur à la mode, ils étaient gras sans qu'ils utilisent de Gomina. Les enfants couraient pieds nus dans tous les sens. Voulant se montrer gentille, Ginger tenta de sourire, mais les mères réagirent en fronçant les sourcils et en poussant leur progéniture dans leur dos, comme si Ginger venait la leur arracher.

En plus du chenil, l'entrepont accueillait également d'autres animaux, essentiellement des poules et quelques porcelets. Il y avait même des chats, mais Ginger supposa qu'ils vivaient à bord pour limiter la population de rongeurs.

Elle posa Boss sur le sol.

—Bonjour, Scout, dit-elle, saluant le garçon dont elle avait retenu le nom la veille.

Elle avait appris par la même occasion qu'il était anglais et orphelin, embarqué clandestinement par un des porteurs, son cousin Marvin.

—Bonjour, *miss*.

Scout posa un genou nu et éraflé contre le sol en bois poussiéreux.

—Salut, Boss, mon pote. T'as besoin d'aller faire pipi, hein ?

Ginger tendit la laisse de Boss à Scout, qui disparut avec lui. Ce garçon la faisait réfléchir. Sous la crasse de son visage, ses yeux brillaient d'optimisme, et le sourire n'était jamais bien loin. Poussée par un désir de l'aider, elle se dit qu'il pouvait peut-être lui être utile.

Quand il revint en compagnie d'un terrier heureux et très soulagé, Ginger avait concocté son plan.

—Et voilà, *miss*, dit Scout. Boss a assuré.

Il la gratifia de son large sourire.

Ginger réprima un gloussement.

—Compris.

Scout la regarda, alors qu'elle restait plantée là, se demandant probablement pourquoi elle n'avait pas déjà déguerpi dans l'escalier, comme la fois précédente. Elle se dépêcha de lui transmettre sa proposition.

—J'ai besoin d'aide, Scout, et tu m'as l'air d'un garçon honnête.

—Oh, oui, *miss*. Maman m'a appris les bonnes manières, avant sa mort. Et les vertus. Comme l'honnêteté.

—Ta mère semble avoir été une femme merveilleuse.

—Oui, *miss*.

—Je veux t'engager pour t'occuper de Boss. Il a besoin de prendre l'air, de faire plus d'exercice, et je ne suis pas assez disponible.

Ce n'était qu'en partie vrai. Bien que Ginger ait le temps de le promener, la présence de Boss en première classe était vue d'un très mauvais œil, et formellement interdite pour toutes les soirées mondaines auxquelles elle avait l'intention de participer. Elle se sentait coupable de l'abandonner dans sa cabine aussi souvent.

—Oui, *miss*. Moi, je suis d'accord, mais les gardes à la porte ne me laisseront pas monter.

—Ne t'inquiète pas, je m'en charge. Que les choses soient claires : c'est un travail que je te propose, pas un service que je te demande. Je te paierai trois shillings pour la durée du voyage.

Le regard du jeune Scout s'éclaira.

—Je suis votre homme, *miss.*

Ginger retint le grand sourire qui menaçait d'illuminer son visage.

—C'est ce que je pensais. Tu dois être discret, à cause des autres passagers avec des chiens qui ne… qui ne contournent pas les règles autant que moi…

—Je suis un fantôme, *miss.* Pratiquement invisible. Et je connais ce bateau comme ma poche ; même le matelot de garde ne se doute pas de tout ce que je sais. Il y a plein d'endroits où emmener Boss, sans tomber sur des gens comme…

Scout rougit, inquiet d'avoir peut-être offensé Ginger. Elle se hâta d'apaiser ses craintes.

—Exactement. (Elle lui fit un clin d'œil et lui remit la somme promise.) Personne en première classe ne devrait savoir que Boss existe. Et si tu le prenais tout de suite ? Je te retrouverai sur le pont de deuxième classe, derrière la salle des machines, dans une heure.

Scout récupéra la laisse de Boss.

—Je dois juste prévenir mon cousin.

Ginger tapota la tête de Boss.

—Sois sage, Boss. À bientôt.

Elle observa l'échange entre le garçon plus grand – maigre, large d'épaules, tache sombre au menton – et son jeune cousin. Marvin examina les pièces de monnaie et donna son approbation d'un signe de la tête. Satisfaite, Ginger remonta et conclut un accord avec le matelot de garde – incroyable, ce que l'on pouvait obtenir contre quelques shillings. Quand elle atteignit le pont ouvert, elle respira à fond l'air marin pour se nettoyer les poumons.

Utilisant ses talents de limier autoproclamé, elle suivit Scout et Boss, attentive à rester à bonne distance en arrière et hors de portée de vue. Scout fit exactement ce qu'il lui avait promis, se cantonnant aux recoins de deuxième classe, et aux quartiers situés à l'arrière et réservés à l'entreposage. Ginger constata avec un énorme soulagement qu'il faisait preuve de la même gentillesse à l'égard de Boss, quand il ne se savait pas observé. Grâce à une montre à gousset que possédait Scout, lui et Boss arrivèrent au bout d'une heure pile près de la porte de la salle des machines, où les attendait Ginger, depuis à peine quelques minutes.

—Comment ç'a été ? demanda Ginger en soulevant Boss dans ses bras.

—Très bien, *miss*. Boss et moi, on est copains.

—Ça m'en a tout l'air.

Satisfaite de Scout, des qualités morales qu'il avait démontrées, elle se dit qu'elle ne manquerait pas de faire appel à lui à l'avenir, si l'occasion devait se présenter.

5

Lors de la deuxième soirée à bord, un cocktail devait avoir lieu, l'occasion pour les passagers de se mêler les uns aux autres. Ginger leva à son cou une robe sans manches en soie vert glauque, avec des bretelles en satin, puis une seconde, bleu saphir, avec des manches mi-longues très fines. Toutes les deux lui arrivaient juste au-dessus des chevilles. Son choix se porta sur la verte, qui allait mieux avec ses yeux. Elle enroula un sautoir en perles autour de son cou et ajouta un bandeau assorti, orné d'une grande plume noire, épinglée sur la droite, près de sa tempe.

Haley ne fit pas preuve du même enthousiasme et refusa catégoriquement toutes les robes que Ginger proposait de lui prêter.

—Je renverserai probablement quelque chose dessus.

—Ça m'étonnerait, répliqua Ginger. Vos mains sont celles d'un chirurgien. Elles ne tremblent pas.

—Mon tailleur fera l'affaire, insista Haley. Sinon, je peux rester ici et tenir compagnie au *boss*.

Le Boston terrier dressa la tête en entendant son nom.

—Il n'en est pas question ! (Ne se laissant pas décourager, Ginger lui montra une robe toute simple pêche pâle.) Et celle-là ? C'est une jolie couleur pour vous. Elle mettrait en valeur les reflets dorés de vos magnifiques cheveux châtains. Vous pourrez même la garder. Je ne la porte jamais.

—Je n'ai pas besoin de vos vieilles affaires. Et je n'ai pas de reflets « dorés ».

Ginger haussa un sourcil bien épilé.

—Permettez-moi d'être d'un autre avis.

—D'accord. (Haley lui arracha la robe de la main.) Mais pas question de mettre un *machin* de ce genre, ajouta-t-elle en désignant la plume bien visible sur la tête de son amie.

Ginger, sentant qu'elle avait remporté une petite victoire, ne fit aucun commentaire. Elle s'assit à la coiffeuse et entreprit de se maquiller : fard à paupières charbonneux atteignant des sourcils fins et nets, deux applications de mascara, un rond de rouge à joues sous chaque pommette saillante, suivis par une couche de rouge à lèvres couleur mandarine. Elle porta un mouchoir à sa bouche et pressa ses lèvres contre lui.

Ginger regarda le reflet de Haley. Son amie avait une mâchoire singulièrement large, mais compensait ce trait par une bouche généreuse aux lèvres charnues. De ses yeux sombres se dégageait une impression de mystère. Pour une raison ou pour une autre, tout cela s'accordait, et ce visage qui aurait dû sembler quelconque se révélait assez charmant. Une touche de maquillage aurait fait toute la différence.

—Je pourrais vous apprendre.

—M'apprendre quoi ? demanda Haley.

—À vous maquiller. (Ginger se retourna vers elle.) C'est facile, ma chérie, et vous êtes un peu pâle.

Haley montra son visage d'un signe de la main.

—Le Seigneur m'a faite comme je suis. C'est à prendre ou à laisser.

Ginger sourit. Elle devait bien reconnaître que son amie ne manquait pas d'aplomb.

Plusieurs lustres électriques éclairaient le bar, leur effet magique semblant donner des ailes à Ginger. Elle adorait les soirées et les distractions de toutes sortes. Un léger bavardage émanait des tables occupées au milieu de la musique d'ambiance mélodique produite par un pianiste doué, installé dans un coin. Elle avança vers le bar avec Haley à côté d'elle.

—Le capitaine et Mme Walsh sont là, chuchota Haley.

—J'étais sûre qu'ils viendraient, répondit Ginger, avant d'approcher le couple. Capitaine, madame Walsh ! Comment allez-vous ?

Le capitaine saisit la main de Ginger entre les deux siennes, la gardant peut-être un peu trop longtemps. Ginger se dégagea et salua Mme Walsh, dont la poigne s'avéra moins enthousiaste. Haley salua à son tour les Walsh, et Ginger nota que le capitaine n'échangeait qu'une rapide poignée de main avec elle – d'une seule main.

—Bien, bien, répondit le capitaine. Et vous ? J'espère que votre voyage vous plaît jusqu'à présent ?

—Tout à fait. C'est très agréable.

—Qu'aimeriez-vous boire ? demanda-t-il.

Le choix de Ginger se porta sur un Mary Pickford, tandis que Haley optait pour un sidecar, deux cocktails américains. Fort heureusement, le barman était originaire de Boston et en avait probablement entendu parler de la même manière que Ginger et Haley, au comptoir de bars clandestins.

Ginger n'était pas du genre à enfreindre la loi, mais Haley l'avait traînée hors de chez elle un soir, pour danser et s'amuser, six mois après la mort de son père.

—Vous devez vous distraire, Ginger. Votre père n'aurait pas voulu que vous vous morfondiez ainsi, avait dit son amie.

Haley avait raison à propos du père de Ginger, et elle savait aussi combien elle aimait s'amuser. Leur « virée clandestine » était vite devenue hebdomadaire. Se faufiler dans les ruelles sombres, éviter les agents de police et frapper aux portes de caves en respectant un code secret. Elle avait retrouvé là des émotions comparables à celles de ses activités pendant la guerre, avec l'avantage de conséquences nettement moins graves. Il n'était pas question de vie ou de mort ni de sécurité nationale !

Quand le capitaine Walsh fit signe au serveur pour qu'il vienne prendre leur commande, Ginger vit chatoyer l'un de ses boutons de manchette en or à la lumière scintillante des lustres.

—Vous possédez un bel assortiment de boutons de manchette, capitaine. J'ai remarqué ceux en argent d'hier, avec la fleur de lys.

Il fronça les sourcils.

—Oui. Ils font partie de mes préférés, pour des raisons sentimentales. Malheureusement, ils ont disparu.

—Disparu ? Voulez-vous dire que vous les avez égarés, ou ont-ils été… volés ?

—Je ne suis sûr de rien, mais même si cela m'ennuie de l'admettre, je penche pour la seconde hypothèse.

—Peut-être puis-je vous aider dans ce cas. (Ginger s'anima à cette pensée.) J'ai un véritable don, vous savez. Ma belle-mère perd constamment ses affaires, et je réussis à les retrouver. Un jour, mon père avait constaté la disparition d'un objet de valeur dans son bureau, et j'ai démasqué le coupable, un domestique malhonnête.

Le capitaine sourit, apparemment charmé par l'entrain et l'optimisme de Ginger.

—Si vous parvenez à me faire récupérer mon bien, je vous en serai bien sûr reconnaissant. Sachez tout de même que je ne vous en voudrai pas si vos efforts se révèlent infructueux. Ces boutons seront très probablement bientôt fondus et vendus.

Ginger sourit et sirota son cocktail, appréciant le mélange acidulé de rhum et de jus d'ananas.

Haley donna un coup de coude discret à Ginger et chuchota :

—Alerte à deux heures.

Ginger regarda sur sa droite, juste à temps pour apercevoir Mme Fairchild, qui se dandinait vers eux en compagnie d'un M. Fairchild peu enthousiaste.

—Bonsoir, madame Gold, mademoiselle Higgins !

Ginger et Haley saluèrent le couple.

—Aurons-nous le plaisir de vous voir sur la piste ce soir ? demanda Ginger.

—Juste ciel ! Certainement pas. Nous n'avons aucune envie de danser sur cette musique de mauvais goût. (Elle fit un clin d'œil.) Nous sommes venus pour l'alcool. Nous avons trois semaines de Prohibition à rattraper !

Ginger leva son verre.

—Vous avez bien raison.

—Pour le bal, ce sera une autre paire de manches, poursuivit Mme Fairchild, après avoir commandé un verre de chardonnay pour elle et un whisky pour son mari. Nous danserons jusqu'au bout de la nuit. La valse, voilà une danse. C'est prévu pour la dernière soirée à bord, vous saviez ? Au fait, j'adore tout simplement votre robe. Où l'avez-vous achetée ? À New York ? Elle vient sans doute de Paris.

—Oui, absolument, et je l'ai trouvée dans la Cinquième Avenue.

Nancy Guilford arriva en retard – juste ce qu'il faut –, habillée d'une robe de cocktail rubis, avec de longues pampilles ornées de perles, et un boa blanc drapé par-dessus une épaule. Un bandeau rouge luisant ceignait son carré court blond, arborant également une grande plume, blanche là où celle de Ginger était noire. Ginger ne put s'empêcher de ressentir de l'irritation à l'idée de se voir éclipsée par cette femme sur le plan vestimentaire.

L'actrice passa en chaloupant à côté de Ginger et Haley, et daigna à peine leur accorder un regard, son attention entièrement concentrée sur le capitaine. Il lui adressa un signe de la tête discret – une sorte de message secret ? Pas assez discret pour Mme Walsh, en tout cas. Son expression, déjà morose, se renfrogna.

Ginger fut distraite par un orchestre de jazz qui s'installait pour remplacer le pianiste. Ce dernier se dirigea vers le bar sans perdre de temps et commanda une bière. On déplaça plusieurs tables sur le côté pour élargir la piste. Bientôt, une musique pleine d'énergie se fit entendre, appelant les premiers danseurs enthousiastes.

L'intérêt que manifestait le capitaine envers Ginger la mettait mal à l'aise. Chaque fois qu'elle regardait vers lui, elle le surprenait, qui la fixait déjà.

Haley avait raison à son propos. En lorgnant ainsi une de ses passagères, il ne témoignait certainement pas à son épouse le respect qu'il lui devait. En fait, Ginger craignait qu'il l'invitât à danser. Pour éviter un possible moment de gêne, elle prit l'offensive.

—J'adore le jazz ! Pas vous, madame Walsh ? C'est si nouveau ! Quel plaisir !

Le visage de la femme plus âgée afficha une expression d'horreur, mais Ginger l'ignora et se tourna vers le capitaine, avant qu'elle ne puisse répondre.

—Capitaine Walsh, vous devriez inviter votre femme à danser ! Haley et moi aimerions beaucoup vous regarder. N'est-ce pas, Haley ?

Haley sembla surprise par l'ingérence de Ginger dans les affaires du couple, mais elle resta impassible.

—Rien ne me ferait plus plaisir, dit-elle.

Les yeux du capitaine Walsh trahirent une certaine confusion. Détenant la plus haute autorité à bord, il avait l'habitude d'être aux commandes, et Ginger l'avait pris à contre-pied. Il s'éclaircit la voix et se leva.

—Hélas, je suis attendu sur la passerelle. (Il mit sa casquette.) Mesdames.

Mme Walsh, qui ne souhaitait apparemment pas rester en compagnie de Ginger et Haley, prit congé tout de suite après.

—Bien joué, marmonna doucement Haley.

—J'ai eu peur qu'il n'embarrasse sa femme en m'invitant à danser.

Ginger et Haley s'assirent sur des tabourets de bar, une position en hauteur, idéale pour observer la piste. Comme on pouvait s'y attendre, Mlle Guilford était constamment occupée, ces messieurs faisant pratiquement la queue, la langue pendante, pour danser avec elle. La pauvre Patty Applebalm se morfondait à leur table, où elle veillait sur les affaires de Nancy Guilford. À côté de l'actrice, Patty, avec ses rides autour des yeux et de la bouche, faisait tapisserie dans sa robe bleue toute simple.

Ginger observa le fringant gentleman de la veille au soir. À l'instar du reste de la gent masculine, il n'avait d'yeux que pour Nancy Guilford. Quand le morceau s'acheva et que Mlle Guilford retourna à sa table avec un geste théâtral, il approcha d'un pas nonchalant.

Haley le vit aussi.

—Les hommes sont tous pareils, dit-elle avec du reproche dans la voix.

À ce moment-là, le fringant gentleman les surprit. Au lieu de demander à Nancy Guilford de lui accorder la prochaine danse, il invita la pauvre Patty à le suivre sur la piste !

—Je retire ce que j'ai dit, murmura Haley. Il en reste un à sauver.

Plus que la stupéfaction et la joie de Patty face à cette proposition inattendue, Ginger apprécia l'expression de consternation et d'incompréhension sur le visage parfait de l'actrice.

La danse se termina, et Ginger commanda un autre verre. Cette fois, son choix se porta sur un champagne Clicquot 1911.

—Pourquoi me priverais-je ? dit-elle avec élégance. J'ai payé le plein tarif.

—Pensez aussi à boire un verre d'eau, dit Haley. Vous avez bien l'intention de danser ce soir, n'est-ce pas ?

—Pourquoi dites-vous cela ? Je suis contente de taper des pieds au rythme de la musique.

—À cause de *lui*.

Ginger se retourna vivement et vit le fringant gentleman se diriger vers elles. Elle admira la manière dont son costume d'été en lin lui allait, du haut de son mètre quatre-vingts. Ses cheveux lissés en arrière étaient bien coiffés, avec une raie sur le côté, et soigneusement coupés autour d'oreilles fines. Seuls un soupçon de gris sur les tempes et quelques rides partant de ses yeux noisette suggéraient son âge.

—Si vous voulez bien m'excuser, je dois me rendre aux toilettes, dit Haley, qui s'éclipsa aussitôt.

Avant que Ginger ne puisse retenir son amie, l'homme se tint devant elle, lui offrant sa main.

—Vous dansez ?

Il parlait avec un fort et net accent anglais, et Ginger ne put résister à son charme. Elle leva sa main gantée pour accepter la sienne.

—Mais certainement.

De près, Ginger remarqua la façon dont les fils dorés tissés dans son élégante cravate bleue mettaient en valeur les petites taches d'or dans ses yeux noisette – des yeux intelligents – qui l'observaient avec chaleur.

—Je suppose que des présentations s'imposent, dit-il, alors qu'il la faisait tourner sur la piste. Basil Reed.

—Enchantée, monsieur Reed. Je suis Mme Gold.

Ginger leva la tête pour le gratifier d'un sourire, mais tenant à établir clairement qu'une aventure au milieu de l'Atlantique ne l'intéressait pas.

La musique était trop forte pour leur permettre de poursuivre une conversation, et le rythme prit possession de leurs pieds. Ginger se lança dans un charleston endiablé, levant les jambes en arrière en fléchissant les genoux et s'accompagnant d'énergiques mouvements des bras. Son collier de perles sautait sur sa poitrine.

Basil Reed se révéla un partenaire méritant. Il ne manqua pas une mesure, ses chaussures à semelle de cuir glissant de façon experte sur la piste. Des chaussettes à motifs argyle à la dernière mode dépassaient de l'ourlet de son pantalon.

—Merci, monsieur Reed, dit-elle avec un sourire, alors qu'il la ramenait à son siège. C'était très plaisant !

Il tira un mouchoir en coton de la poche de sa veste et s'épongea le front, lui retournant son sourire.

—Tout le plaisir était pour moi.

—Je dois vraiment promener Boss plus souvent et plus longtemps, dit Ginger, une main sur la poitrine, tandis qu'elle reprenait son souffle.

Basil Reed haussa un sourcil.

—Vous promenez votre patron ? Mais enfin, quelle est votre profession ?

—Non, non, dit Ginger en riant. Boss est mon chien. Un Boston terrier. Boss est un diminutif de Boston. Cela dit, mon amie Mlle Higgins soutient qu'il pense réellement être le patron.

—Je suppose qu'il est au chenil.

Ginger répondit sans hésitation :

—Bien sûr.

Une fois arrivée au bar, elle ajouta :

—J'ai été ravie de faire votre connaissance, monsieur Reed.

Puis, Ginger regagna sa place, où Haley l'attendait, tandis que Basil Reed retournait d'un pas nonchalant vers sa table à l'autre bout de la pièce.

—*Alors ?* demanda Haley, avec un clin d'œil trop appuyé.

Ginger feignit de ne pas l'avoir remarqué.

—Alors quoi ?

Avant que Haley ne puisse insister davantage, quelque chose d'autre attira l'attention de Ginger. Nancy Guilford se disputait avec le capitaine, revenu de la passerelle de commandement. Bien qu'elle se trouvât trop loin d'eux pour entendre ce qu'ils se disaient, la colère qui se lisait sur les traits de l'actrice prouvait que la conversation n'était pas aimable. Le capitaine tourna les talons, choisissant de l'ignorer. Le visage de la femme devint aussi rouge que sa robe de cocktail, et elle jeta violemment sa flûte de champagne sur le sol, où elle vola en éclats.

Le capitaine lui lança un regard désapprobateur par-dessus son épaule, mais sans ralentir. Ayant conscience qu'elle avait attiré l'attention de tous, Nancy agita les bras de manière théâtrale et fit la moue.

—Je suis tellement maladroite !

Le serveur aux cheveux roux se précipita pour balayer le verre et éponger.

—Quel gâchis, dit Ginger.

—Quoi ? Cette soirée ? demanda Haley d'un ton sec.

—Je parlais du champagne.

6

Le lendemain, Ginger ne se réveilla pas pour le petit déjeuner. Peut-être avait-elle un peu trop bu la veille. Haley lui apporta du café et du pain grillé sans beurre, et à midi, elle se sentit de nouveau suffisamment d'attaque pour prendre part au déjeuner.

En arrivant, elle promena nonchalamment son regard sur la salle de restaurant. Parmi les visages familiers, elle aperçut Nancy Guilford, assise en compagnie de Patty Applebalm, dans une robe de jour en vichy et des oxfords à talons plats, une tenue convenant bien au moment de la journée et à son rôle. En revanche, Ginger estima la longue robe fendue aux mollets de l'actrice trop habillée pour un déjeuner. Elle n'avait pas non plus lésiné sur le maquillage. À croire qu'elle avait dormi dans ses vêtements de la soirée précédente et qu'elle venait de tomber du lit. Peut-être était-ce le cas. En y regardant de plus près, son visage semblait quelque peu barbouillé par endroits. Patty tendit la main pour essuyer une petite tache d'œuf au coin de la bouche de sa patronne, que ce geste, pourtant gentil, irrita. Elle écarta violemment la main de son aînée.

M. Basil Reed attira l'attention de Ginger, alors qu'elle et Haley traversaient la salle à grands pas. L'infirmière remarqua le regard qu'ils échangèrent.

—Il est séduisant, commenta-t-elle, alors qu'elles choisissaient une table.

Ginger s'assit gracieusement en face d'elle.

—Il est trop vieux pour moi.

Haley souffla.

—Votre père a épousé une femme plus jeune que lui.

—Et vous avez vu le résultat.

—Elle n'a pas eu à s'en plaindre.

—Je suppose. Mais mon père était riche. Elle ne se serait jamais mariée avec lui autrement.

—M. Reed ne vous intéresse pas, parce qu'il n'est pas assez riche pour vous ? Il peut se payer le voyage en première classe, ce n'est pas rien.

—Bien sûr que non. Sa situation financière n'est pas en cause. Vous savez très bien pourquoi je ne suis pas intéressée.

—Mesdames, permettez que je me joigne à vous ? demanda M. Reed, apparu comme par magie, à la mention de son nom.

Ginger refoula son embarras d'un battement de cils. Les avait-il entendues parler de lui ? Pire, comment était-elle devenue imprudente au point de se laisser surprendre de cette manière, elle d'ordinaire si fine ? Elle se ressaisit rapidement.

—Je vous en prie. En fait, nous parlions justement de vous.

Basil Reed prit place à côté de Ginger et haussa un sourcil foncé.

—Vraiment ?

—Oui, Mlle Higgins regrettait amèrement de n'avoir pas eu l'occasion de danser lors du cocktail.

Haley lui lança un regard mauvais.

Basil sourit à l'infirmière.

—Nous n'avons pas été présentés, je crois. (Il retira son chapeau et lui tendit la main.) Basil Reed. Je m'en veux de ma conduite inexcusable d'hier soir, mais j'avoue ne pas me rappeler vous avoir vue.

—Mlle Higgins, répondit Haley. Et vous pouvez ignorer les insinuations erronées de Mme Gold.

—Mlle Higgins est infirmière, précisa Ginger. Elle a pris soin de mon père avant qu'il ne s'éteigne l'année dernière, et nous sommes devenues des amies proches au cours de cette triste période.

Basil Reed soutint le regard de Ginger et ajouta poliment :

—Toutes mes condoléances pour votre père.

Haley reporta son attention sur le menu du jour.

—J'espère que vous aimez les oignons, monsieur Reed, dit-elle. L'entrée est une soupe à l'oignon.

—C'est l'une des soupes que je préfère, mademoiselle Higgins.

Ginger avait déjà eu affaire au serveur qui s'occupait d'eux. Roy Hardy – le nom figurant sur son badge – arborait le sourire d'un homme qui aime son travail.

—Merci, monsieur Hardy, dit Ginger, alors qu'il posait leur repas sur la table.

—Je vous en prie, madame Gold. Bon appétit.

Les deux femmes enlevèrent leurs gants avant d'entamer l'entrée qui, accompagnée de tranches de baguette fraîche, se révéla tout bonnement délicieuse. Elles eurent une conversation légère avec M. Reed, à propos des différences entre mœurs américaines et anglaises, et de l'avenir radieux qui attendait les deux nations.

—Assurément, l'apparition en cuisine d'appareils comme les batteurs électriques a amélioré le quotidien des femmes au foyer. Il en va de même pour celle de l'aspirateur dans les tâches ménagères, dit Ginger.

Basil Reed la regarda, comme si le sens de sa remarque lui échappait.

—Ah, vous parlez des *Hoover*...

—Une langue commune, mais un océan nous sépare, murmura Haley, entre deux petites gorgées.

—N'oubliez pas l'industrie automobile, ajouta Basil Reed. Pour l'essentiel grâce aux efforts de votre compatriote Henry Ford.

Haley hocha la tête.

—Ce bon vieil Henry.

—Qui pouvait imaginer que chaque foyer posséderait bientôt une radio ? dit Ginger. Un appareil indispensable à l'essor de la culture.

—Et à la diffusion de l'information, renchérit Basil. Des opinions politiques.

Ginger le regarda.

—Absolument.

Le plat principal – du flétan cuit au four avec sa sauce au citron et au basilic, accompagné de haricots verts au beurre – arriva.

—Ça sent délicieusement bon ! commenta Ginger. M. Babineaux est un magicien ! Les Français semblent tous dotés d'un talent culinaire exceptionnel à la naissance.

Une fois qu'ils eurent goûté à leurs premières bouchées et émis – discrètement – les bruits approbateurs qui s'imposaient, Ginger se tourna vers Basil Reed.

—Parlez-nous un peu de vous, monsieur Reed. Êtes-vous né et avez-vous grandi à Londres ?

—Oui, madame. (Il fit un geste de sa main gauche.) Je connais cette ville comme ma poche.

La veille, Ginger avait remarqué une alliance en or à l'annulaire de son interlocuteur. Avait-il, lui aussi, subi la perte d'un conjoint ?

—Y a-t-il une Mme Reed ?

Une ombre traversa le visage de l'homme l'espace d'un instant.

—Oui.

—Elle ne vous a pas accompagné pour votre voyage en Amérique ? s'étonna Haley. J'espère qu'elle n'est pas en mauvaise santé.

Bien que son amie ait adopté l'attitude d'une soignante compétente manifestant un intérêt professionnel, Ginger savait que sa curiosité était de nature plus personnelle.

Basil Reed hésita.

—Malheureusement, Mme Reed est chez sa sœur à Paris. (Il changea habilement de sujet.) Et vous, mademoiselle Higgins, qu'est-ce qui vous amène à Londres ?

—Mes études, pour devenir docteure en médecine.

—C'est... euh... plutôt ambitieux.

Haley se laissa aller en arrière et croisa les bras.

—Pour une femme ?

Ginger ravala un sourire. Son amie était sur le point d'asséner à M. Reed ses vues sur le féminisme.

—Monsieur Reed, poursuivit Haley d'un ton sec. Dans l'Amérique d'aujourd'hui, les femmes n'ont plus à attendre l'âge de trente ans pour voter, comme c'est encore le cas dans votre pays. Les Américaines sont les égales de leurs homologues masculins. Toute profession ouverte à un homme l'est aussi à une femme, et s'il reste des exceptions, il est grand temps de les balayer !

Adossé à sa chaise, Basil Reed semblait avoir subi l'attaque d'un vent soufflant en tempête.

—Mes excuses, mademoiselle Higgins. Mon intention n'était certainement pas de vous offenser. Je suis convaincu que, partout dans le monde, les femmes apprécieraient d'avoir plus de femmes médecins à leur disposition. Et, bien sûr, je soutiens le droit de vote pour les femmes. J'espère sincèrement que le Parlement britannique passera bientôt une loi permettant de rattraper notre retard dans ce domaine.

Basil Reed but une longue gorgée de son café et reporta son attention sur Ginger.

—Et vous ? Qu'est-ce qui vous amène à Londres ? Êtes-vous en vacances ? (Il jeta un coup d'œil à son annulaire et lui renvoya sa question.) Sans votre mari ?

—Malheureusement, mon mari est mort à la guerre.

Basil Reed tressaillit à ce manque de tact involontaire de sa part.

—Mes condoléances.

—Il n'y a pas de mal, monsieur Reed. Ce sont plus les affaires que le plaisir qui m'amènent à Londres, où je dois régler la succession de mon père. Par un heureux hasard, Mlle Higgins devait faire le voyage au même moment. Je retournerai à Boston dès que tout sera en ordre.

—Votre père était anglais, alors ?

—Oh, oui, jusqu'au bout des ongles. L'heure du thé a toujours été sacrée pour lui – quatre heures, chaque après-midi, avec de petits sandwiches au concombre sans croûte –, et il ne concevait pas son petit déjeuner sans haricots sur son pain grillé.

—Un homme charmant, semble-t-il. (Basil Reed l'observa.) Je comprends mieux maintenant comment une Américaine peut donner l'impression d'être si anglaise.

—Oui, j'aime profiter des bienfaits de chaque culture.

—Je suis d'accord avec vous. Eh bien, j'espère que vous vous plairez à Londres, quelle que soit la durée de votre séjour.

Le serveur revint pour débarrasser la table, et Haley se leva.

—Ç'a été un plaisir, monsieur Reed, dit-elle. Mais, maintenant, si vous voulez bien m'excuser, j'ai de la lecture qui m'attend.

Basil sembla perplexe, alors qu'il la regardait s'éloigner.

—Votre amie est du genre sérieux, n'est-ce pas ?

Ginger rit.

—Je ne vous le fais pas dire.

Peu après le départ de Haley, un brouhaha en provenance de la cuisine attira leur attention.

—Qu'est-ce qui se passe là-bas, d'après vous ? demanda Ginger.

Basil Reed s'essuya la bouche avec sa serviette.

—Je n'en sais pas plus que vous.

Babineaux traversa précipitamment la salle de restaurant, en direction de la table de Mme Walsh.

Il lui parla à l'oreille, trop bas pour que Ginger puisse l'entendre, mais une expression de choc et d'horreur apparut sur le visage de la femme du capitaine.

Nancy Guilford, dont le regard scrutait constamment la pièce – sans doute à la recherche du capitaine –, approcha sans complexe de la table de Mme Walsh.

—Qu'est-ce qui ne va pas, bouboule ? demanda-t-elle de sa voix nasillarde au cuisinier. Il s'est passé quelque chose ?

Mme Walsh se détourna, et Babineaux empoigna l'actrice contrariée par le coude pour la reconduire à sa table.

—Veuillez m'excuser, dit Ginger, qui se leva pour aller voir Mme Walsh, avant que M. Reed ne tente de la retenir.

Son estomac se noua, alors qu'elle approchait de la femme du capitaine.

—Un problème, madame Walsh ? Puis-je vous aider d'une manière ou d'une autre ?

Mme Walsh se couvrit la bouche de ses doigts, repoussa sa chaise de sa table et se précipita hors de la salle de restaurant. Ginger la suivit du regard.

Babineaux revint et dit, avec un fort accent français :

—C'est terrible, madame.

—Qu'est-ce qui s'est passé, monsieur Babineaux ?

La voix de Babineaux trembla.

—Le capitaine Walsh est mort.

7

Ginger sentit Basil Reed approcher derrière elle.

— Inspecteur principal Reed, de Scotland Yard. Je peux peut-être vous aider ?

Ginger pivota sur ses talons et leva un sourcil inquisiteur.

—Monsieur Reed. Vous nous aviez caché cela.

—Vous m'excuserez, madame Gold, mais ma profession semblait hors de propos jusqu'à présent.

—Je suppose que je vais devoir m'habituer à vous appeler « inspecteur principal ».

—Y a-t-il un problème ? insista Basil Reed.

C'était une question de courtoisie. L'inspecteur principal Reed regarda tour à tour Ginger et Babineaux avec une expression de détermination. Il portait son titre avec autorité, et il ne faisait aucun doute qu'il avait l'intention de prendre la situation en main.

—*Mon Dieu*, dit Babineaux.

Il continua de parler à l'oreille du policier, qui fronça les sourcils.

—Conduisez-moi sur place, je vous prie.

Quand il s'aperçut que Ginger les suivait, il l'arrêta.

—Madame Gold, cette affaire concerne la police à présent et peut, j'imagine, se révéler pénible.

—Je ne suis pas aussi sensible qu'il y paraît, *monsieur* l'inspecteur principal, riposta Ginger. Le capitaine Walsh était un ami de la famille. J'insiste pour que vous me permettiez de vous accompagner.

Il regarda Ginger d'un air quelque peu perplexe, comme si la soudaine intransigeance de la jeune femme le prenait de court, mais sembla rapidement arriver à la conclusion que le moment et le lieu étaient mal choisis pour une dispute. Alors qu'ils suivaient Babineaux dans la cuisine, Ginger prit Roy Hardy à part.

—S'il vous plaît, allez dire à Mlle Higgins – cabine 45 – de venir au restaurant. Qu'elle me demande. C'est de la plus haute importance.

Elle glissa cinq shillings dans la main du serveur, qui s'éloigna au petit trot.

Ginger s'assura que le personnel en cuisine la voie rattraper l'inspecteur principal Reed et Babineaux, alors qu'ils s'engageaient dans un escalier en colimaçon descendant dans le ventre du navire.

—Où allons-nous, monsieur Babineaux ? demanda l'inspecteur principal.

—Le SS *Rosa* a été ravitaillé à Boston pour la traversée. Chaque jour, je viens m'assurer que rien ne manque pour les menus que nous avons prévus. Nous avons un garde-manger et une chambre froide. Avec de la glace, ajouta-t-il avec une pointe de fierté dans la voix.

Ginger, se rappelant combien leur cuisinier à Boston appréciait leur nouveau réfrigérateur, trouva cela tout à fait sensé.

Babineaux ouvrit une lourde porte en bois d'un coup sec, et une bouffée d'air froid les assaillit. Le contraste avec la chaleur de sa peau fit frissonner Ginger. Sur les murs, les étagères étaient à moitié vides, le SS *Rosa* étant environ à mi-chemin de sa destination. Cela sentait le renfermé, les légumes plus très frais, avec une pointe d'aigreur. Une rangée de tonneaux en chêne était alignée contre le mur du fond.

—Madame Gold ?

C'était la voix de Haley dans l'escalier.

—En bas, mademoiselle Higgins, répondit Ginger.

Haley apparut et tenta de comprendre la nature de la situation.

—Quelqu'un veut bien m'expliquer ce qui se passe ?

—Notre pauvre capitaine a été tué, l'informa Ginger. M. Babineaux vient de faire la macabre découverte.

—Son corps a été trouvé ici ? s'enquit Haley.

—Oui, *mademoizelle*, dit Babineaux.

Haley fronça les sourcils.

—C'est curieux.

—Madame Gold, intervint l'inspecteur principal Reed, je proteste !

—Mlle Higgins est infirmière. Elle a servi pendant la guerre, dit Ginger, écartant l'objection du policier d'un geste de la main. Je suis persuadée qu'elle a déjà vu bien pire que ce qu'elle verra aujourd'hui. Et son expérience médicale pourrait se révéler utile, n'est-ce pas ?

Haley n'attendit pas la réponse de Basil Reed.

—Qu'est-ce qu'il fait là ? demanda-t-elle à Ginger.

—Sachez, mademoiselle Higgins, que notre cher M. Reed est aussi l'inspecteur principal Reed, de Scotland Yard.

Haley fixa Basil Reed.

—Vraiment ?

—Oui, vraiment, confirma le policier, qui perdait patience. Maintenant, monsieur Babineaux, ayez l'amabilité de nous conduire au corps.

Ginger partageait sa curiosité. Elle avait examiné la chambre froide du sol au plafond, sans voir la moindre trace du capitaine.

Le cuisinier s'arrêta devant un tonneau particulièrement imposant, avec le couvercle posé de travers. Voilà qui expliquait la forte odeur de saumure.

—Je vous écoute, dit l'inspecteur principal.

Babineaux s'éclaircit la voix.

—C'est un tonneau de cornichons. Il est presque vide. J'ai voulu récupérer les derniers, avant d'en ouvrir un nouveau.

Ginger fit une grimace.

—Ne me dites pas que le capitaine est à l'intérieur.

Le menton de Babineaux tomba sur sa poitrine.

—Hélas oui.

L'inspecteur principal Reed se tourna vers Ginger et Haley.

—Tenez-vous toujours à rester ?

Ginger hocha la tête. Elle avait servi en France pendant la guerre. Elle avait l'estomac bien accroché.

—Si vous m'y autorisez, monsieur, dit Haley avec un respect accru envers l'inspecteur principal Reed, j'aimerais profiter de cette occasion pour proposer mon aide lors de l'autopsie.

—Cette décision est du ressort du médecin de bord, répondit-il. Pour ma part, je n'y vois aucun inconvénient.

Babineaux enleva le couvercle, permettant d'abord au policier, puis à Ginger et Haley, de jeter un coup d'œil à l'intérieur. Ginger grimaça face au cadavre pâle et gonflé de l'ami de son père. *Oh, Seigneur !*

L'inspecteur principal Reed consulta son bracelet-montre.

—Trente-deux heures avant que nous n'arrivions à quai. C'est peu. À moins de trouver le tueur d'ici là, personne ne débarquera à Liverpool.

8

Le cadavre étendu sur la table d'autopsie de fortune apportée dans la chambre froide par deux robustes matelots exerçait une fascination morbide sur Ginger.

Le médecin de bord, « ce vieux doc Johnson », était un quasi-septuagénaire, avec de fines mèches de cheveux gris autour des oreilles et des épaules tombantes. Il semblait dans tous ses états.

—Nous n'avons jamais eu de meurtre à bord du SS *Rosa*, dit-il, alors qu'il passait sa main noueuse et tremblante dans sa barbe blanche. Des migraines et des rhumes, le plus souvent, et bien sûr, le mal de mer. Je me rappelle aussi cette vilaine grippe qui a circulé parmi les passagers. Mais un meurtre, non. Jamais.

—C'est très aimable à vous de me laisser vous assister pour l'autopsie, dit Haley. Cela me sera très utile pour mes études.

Le vieux toubib, visiblement soulagé, hocha la tête, rougissant jusqu'aux oreilles.

Ginger songea brièvement à retourner chercher un châle dans sa cabine à cause du froid ambiant. Mais la poussée d'adrénaline résultant de cet événement choquant suffisait à lui tenir chaud.

À l'université, elle avait suivi des cours d'introduction à la médecine légale. Mais ses années d'études remontaient à plus d'une décennie, et ce domaine avait dû connaître des évolutions depuis. Une fois de plus, elle se surprit à envier Haley. Mais, résignée à son sort, elle se consolait en partie à l'idée de parfaire son éducation par procuration, grâce à son amie.

À présent, la pièce empestait la saumure, et quelque chose de bien pire. Ginger porta un mouchoir en coton à son nez. Informé de la mort de son supérieur, le second, M. MacIntosh, était venu superviser l'extraction du tonneau du corps déjà atteint de rigidité cadavérique. L'opération, peu digne, avait nécessité trois matelots, un pied-de-biche et une serpillière.

Sous un drap propre, le corps recroquevillé du capitaine faisait penser à un énorme fœtus. Son visage, bouffi et mortellement pâle, avait perdu toute beauté, et ses lèvres étaient d'un bleu affreux.

Haley examina le cadavre avec une efficacité professionnelle, s'intéressant aux ongles, au cuir chevelu et à la peau, en quête de contusions.

—Alors ? s'enquit Ginger.

L'inspecteur principal Reed s'éclaircit la voix, comme pour lui rappeler qui était aux commandes.

—Je vois deux contusions à l'arrière de la tête, une petite et une plus marquée, dit Haley. Toutefois, le liquide échappé de ses poumons dégage une forte odeur de saumure, ce qui suggère une mort par noyade, et non des suites d'un traumatisme crânien. Mais une autopsie officielle devra le confirmer.

—Vous dites que ce pauvre bougre était peut-être en vie quand on l'a fourré dans ce tonneau ? demanda l'inspecteur principal Reed.

Haley hocha la tête.

—C'est possible. Mais vu la gravité de sa blessure à la tête, il avait très probablement perdu connaissance. En outre, je n'ai pas trouvé d'éclats ou de fibres de bois sous ses ongles, indiquant qu'il se serait débattu à l'intérieur.

—À combien de temps remonte la mort ? intervint Ginger.

De nouveau, les beaux yeux noisette de l'inspecteur principal reflétèrent brièvement son irritation.

—Eh bien, nous savons qu'il était en vie au dîner hier soir, répondit Haley. Selon sa montre, on l'a mis dans ce tonneau à 2 h 34 ce matin. Mais cela ne nous dit pas quand il a subi son traumatisme crânien. La lividité cadavérique est apparente à la taille. (Haley baissa le drap pour révéler la zone où démarrait le violet profond du sang accumulé.) Il est donc mort depuis au moins six heures.

Ginger lança à l'inspecteur principal Reed un regard éloquent – *Je vous avais dit qu'elle était douée*. Puis, elle ajouta :

—Pour ma part, j'essayerais de découvrir qui l'a vu pour la dernière fois et à quelle heure.

Comme s'il n'appréciait pas qu'on lui dise comment faire son travail, l'inspecteur principal se rembrunit, légèrement indigné.

—Merci de votre aide, mesdames. J'ai envoyé un télégramme à Scotland Yard et je suis dorénavant officiellement chargé de cette affaire. À partir de maintenant, je vous demande donc de bien vouloir me laisser mener mon enquête.

—Bien sûr, répondit Ginger.

Elle sourit d'un air sage au policier, alors qu'il les regardait prendre congé. Une fois dans l'escalier et hors de portée de voix, elle dit à Haley :

—Nous devons parler à Mme Walsh et à Mlle Guilford. La femme du capitaine d'abord, je pense.

Haley fixa fermement son amie.

—N'avez-vous pas entendu ce que vient de nous dire l'inspecteur principal ?

—Si, bien sûr. Il nous a demandé de ne pas enquêter *officiellement*. Puis, je souhaite simplement présenter mes condoléances. Peut-être devrions-nous apporter un cadeau ?

—Je n'ai pas vu de boutique à bord.

—C'est vrai. Mais j'ai dans mes valises deux bouteilles du meilleur cognac de contrebande qu'on trouve à Boston. Je pourrais en offrir une à Mme Walsh.

Haley haussa un sourcil.

—Toute une bouteille ?

—Vous avez raison. Nous lui proposerons de boire un verre avec elle. Elle a sans doute ce qu'il faut dans sa cabine, comme nous dans la nôtre.

9

Alors qu'elles rejoignaient l'escalier menant à leur pont en passant par la deuxième classe, Ginger aperçut leur femme de chambre, Chloe, qui regarnissait une armoire à linge. Elle était jeune, moins d'une vingtaine d'années, avec la peau mate et des cheveux noirs brillants impeccablement noués dans un chignon sur la nuque. D'origine espagnole, supposa Ginger. Avec ses beaux yeux marron et son sourire faussement timide, elle devait faire tourner la tête de bien des hommes.

Y compris celui qui se tenait à un mètre de distance, venu chercher des nappes et des serviettes. Roy Hardy, le rouquin. Sa façon de feindre de ne pas remarquer Chloe attendrit Ginger.

Le pauvre !

La femme de chambre finit par s'apercevoir de la présence du serveur et lui sourit avant de s'éloigner. Sous le charme, Roy Hardy ne put empêcher le linge dans ses bras de glisser vers le sol.

—Nom de nom ! marmonna-t-il, alors qu'il s'agenouillait pour le ramasser.

Ginger tapota le bras de Haley.

—Je vous retrouve dans notre cabine.

—Vous voulez jouer les entremetteuses ? Maintenant ? Sérieusement, Ginger, vous pensez que c'est le moment ?

—J'en ai pour une minute. Ce jeune homme a désespérément besoin d'aide côté cœur.

Haley secoua la tête et poursuivit sa route.

Ginger se tourna vers le serveur, occupé à replier nappes et serviettes.

—Bonjour, monsieur Hardy.

Le menton de Roy Hardy se releva d'un coup sec, et il rougit de plus belle.

—Oh, madame Gold. Veuillez m'excuser. J'ai été maladroit.

Ginger se baissa pour lui prêter main-forte.

—Je comprends tout à fait. Mlle Chloe est très belle.

Les yeux de Roy Hardy devinrent ronds comme des soucoupes, et il sembla mort de honte.

—Ne vous inquiétez pas, se hâta de le rassurer Ginger. Il est parfaitement normal qu'un jeune homme tel que vous s'intéresse à une jeune fille comme Mlle Chloe.

—Sauf qu'à ses yeux, c'est comme si je n'existais pas.

—Oh, allons donc. Elle est juste aussi timide que vous. Lui avez-vous déjà adressé la parole ?

—Non, madame. J'en ai envie, mais chaque fois que je me trouve près d'elle, mon esprit se vide, j'ai la bouche sèche et ma langue refuse de m'obéir. (Roy rangea les nappes dans l'armoire.) Je n'avais pas vraiment besoin de linge. C'est juste une excuse pour venir ici quand je sais qu'elle y est.

Ginger tendit à Roy une pile de serviettes repliées.

—Vos efforts sont louables, et je suis certaine qu'ils ne sont pas inutiles. Je pourrai peut-être vous aider, mais pour l'instant, je suis pressée. Je passerai vous voir plus tard pour en discuter. Bonne journée, monsieur Hardy.

—Bonne journée, madame Gold, lui répondit-il, alors qu'elle s'éloignait déjà. Et merci !

Haley fit un brin de toilette et se changea, ce que Ginger estimait judicieux, son amie venant de manipuler un cadavre. Elle aurait préféré se changer elle aussi, mais elles devaient se dépêcher, si elles voulaient parler à Mme Walsh avant l'inspecteur principal. Au mieux, elle pouvait enfiler des gants propres et ajouter un châle pour lutter contre les frissons qui l'avaient assaillie dans la chambre froide, une fois passé l'attrait de la nouveauté.

—Où est le *boss* ? s'enquit Haley, alors qu'elle mettait une paire de gants noirs qui lui arrivaient au poignet.

—Je l'ai confié au jeune Scout ce matin. Comme je suis très occupée aujourd'hui, je lui ai transmis un message pour qu'il le dépose ici, et je me suis organisée avec Mlle Chloe, qui fera entrer Boss dans la cabine, si jamais je suis absente. (Ginger ouvrit l'un de ses tiroirs et en sortit une bouteille de cognac de soixante-quinze centilitres.) Après voir connu la Prohibition et ses interdits, avoir tout à portée de main dans un magasin de vins et spiritueux à Londres risque de manquer de piment.

—À se demander si cela en vaut la peine, dit Haley d'un air narquois.

Ginger eut un rire moqueur.

—Je n'irais pas jusque-là. Êtes-vous prête ?

—Je vous suis.

Ginger frappa avec hésitation à la porte de Mme Walsh.

—Madame Walsh, vous êtes là ?

Silence. Elle lança un regard à Haley. Si la femme du capitaine ne se trouvait pas dans sa cabine, où était-elle ?

Elle frappa de nouveau.

—Madame Walsh ? Tout va bien ?

Enfin, elles entendirent le bruit de pas feutrés approchant de la porte, puis celui de la clé tournant dans la serrure.

—Madame Walsh, dit aimablement Ginger. Nous espérons ne pas vous déranger. Nous voulions vous présenter nos condoléances. (Ginger leva son offrande pour la lui montrer.) Je sais qu'il est tôt pour boire de l'alcool, mais vu les circonstances, j'ai pensé…

Mme Walsh regarda la bouteille, puis les invita à entrer.

—Le vieux doc Johnson m'a donné quelque chose pour mes nerfs, mais ça ne me semble pas efficace. (Elle soupira bruyamment.) C'est juste horrible, cette histoire. Vraiment épouvantable.

Haley alla chercher trois verres à côté d'une carafe en cristal et les disposa devant le chandelier fourni dans toutes les cabines. Ginger fit le service, tendant le premier verre à Mme Walsh. La femme du capitaine l'accepta d'une main tremblante et avala une bonne gorgée.

—*Mon Dieu*, ça fait du bien !

Elle s'installa dans un fauteuil capitonné, recouvert de tissu rose et brodé de fil d'or.

—Vous êtes française ? demanda Ginger.

—*Oui.* Je suis née à Calais, mais j'ai immigré en Angleterre, quand j'ai rencontré M. Walsh.

Comme si sa vie était trop triste pour s'y attarder, elle poussa un nouveau soupir et but une autre gorgée.

Bien que moins grands que ceux de la cabine de luxe que Ginger et Haley partageaient, les hublots offraient une jolie vue sur l'océan. La pièce semblait plus spacieuse, en revanche, occupée par juste un lit double. Ginger avala une petite gorgée de cognac et s'assit sur une des chaises vides, tandis que Haley restait debout à côté de la commode.

Un rapide inventaire des lieux ne révéla aucun signe d'une présence masculine – ni chaussures pour homme, ni pipes et tabac, ni pardessus de la mauvaise taille.

—Je suis terriblement navrée de ce qui vous arrive, madame Walsh, dit Ginger.

—Appelez-moi Élise. Au point où nous en sommes…

—D'accord. Dans ce cas, appelez-moi Ginger.

Élise hocha la tête d'un air sombre et but une autre gorgée.

—Mon père s'est éteint l'an passé, poursuivit Ginger. Ç'a été une période horrible dans ma vie, alors je crois être capable d'imaginer ce que vous pouvez ressentir.

—Mes condoléances, dit simplement Élise Walsh.

—Votre mari vous a-t-il réveillée, quand il a quitté votre cabine au beau milieu de la nuit ? Avez-vous noté l'heure qu'il était ?

Élise Walsh se renfrogna.

—Hélas, mon mari et moi ne nous retrouvions autour de la même table au moment des repas que pour sauver les apparences. M. Walsh et moi faisions chambre à part. (Elle pointa du doigt une porte fermée de l'autre côté.) Sa cabine communique avec la mienne par là.

Ginger, qui s'en doutait un peu, mourait d'envie de pénétrer dans cette pièce pour l'explorer.

—Je suis désolée, dit-elle. Je ne savais pas.

—Quand avez-vous vu votre mari en vie pour la dernière fois ? demanda Haley.

—Peu après le dîner, hier. (Les larmes lui montèrent aux yeux.) Tout n'était peut-être pas rose dans notre mariage, mais je l'aimais toujours. Je n'arrive pas à croire que je ne le reverrai plus.

Le chagrin d'Élise semblait sincère. Bien sûr, songea Ginger, rien n'empêchait une personne d'en tuer intentionnellement une autre, et de regretter son acte ensuite. Ou de savoir jouer admirablement la comédie.

—Le capitaine avait-il des ennemis ?

—Pourquoi me poser ces questions, Ginger ? demanda Mme Walsh d'un ton sec. N'est-ce pas le travail de la police ?

Ginger ne se laissa pas démonter.

—Je l'avoue, j'ai toujours été d'une nature curieuse. Vous pouvez voir cela comme une sorte de répétition, avant que l'inspecteur principal ne vienne vous interroger. Une occasion de préparer vos réponses.

Élise Walsh la fixa du regard. Après réflexion, elle se radoucit.

—Pourquoi pas ? Bien que je n'aie rien à cacher.

Ginger revint à la charge.

—Alors ? Le capitaine avait-il des ennemis ?

—Joseph était plutôt quelqu'un d'apprécié. Je ne crois pas qu'il ait eu de vrais ennemis. Au contraire, trop de gens l'aimaient, si vous voulez mon avis, dit-elle avec une pointe d'amertume.

—Faites-vous allusion à Mlle Guilford ?

Élise Walsh se redressa brusquement dans son fauteuil.

—Vous êtes au courant pour Nancy Guilford ?

—C'est une présomption, fondée sur l'observation.

—Cette traînée ! dit Élise avec colère. Si une femme convoite le mari d'une autre, elle pourrait au moins avoir la décence de faire preuve de discrétion.

Mme Walsh savait donc que son mari la trompait.

Élise vida son verre jusqu'à la dernière goutte et le tendit pour une deuxième tournée. Ginger la servit, se rappelant la façon dont le capitaine avait – sans tact – fait remarquer son problème avec l'alcool.

—J'ai menti en disant que Joseph n'avait pas d'ennemis, déclara Élise Walsh, après une nouvelle gorgée. Il en avait au moins un.

—Ah ? fit Ginger pour la pousser à continuer.

—Quelqu'un le faisait chanter.

10

L'air sembla être aspiré hors de la pièce. Une masse nuageuse masqua soudain le soleil, les plongeant dans une pénombre menaçante. Ginger et Haley échangèrent un regard surpris, avant que Ginger ne reprenne la parole.

—Qui le faisait chanter ?

—Je n'en ai aucune idée, répondit froidement Élise Walsh. Je ne l'ai appris qu'en découvrant une lettre dans la poche de sa veste.

En dépit de sa curiosité naturelle, Ginger n'estima pas judicieux de lui demander pourquoi elle faisait les poches de son mari.

—Savez-vous ce que le capitaine avait à se reprocher, par quoi le maître chanteur le tenait ?

—Hélas, non. Et, maintenant, il est possible que nous ne le sachions jamais.

Les pupilles des yeux gris d'Élise s'élargirent légèrement, et le coin de sa bouche se contracta.

Mme Walsh mentait.

Elle porta son verre presque vide à ses lèvres et renversa la tête pour le finir.

—Comme vous pouvez l'imaginer, tout cela est très éprouvant.

Elle se leva pour leur faire comprendre qu'elle voulait qu'elles partent.

Saisissant l'allusion, Ginger n'oublia pas de récupérer la bouteille de cognac à moitié vide avant de prendre congé de la veuve de fraîche date.

—Qu'est-ce que vous en dites ? demanda Haley dans la coursive, alors que Ginger et elle regagnaient leur cabine à bâbord.

—Je crois que Mme Walsh nous a dit la vérité à propos du chantage, mais qu'elle nous a menti en prétendant ignorer la nature de la pression exercée sur le capitaine. Quoi qu'il en soit, cela lui donne un mobile sérieux : se venger de son mari infidèle *et* se libérer de l'emprise du maître chanteur.

—Il pourrait simplement décider de s'en prendre à elle, suggéra Haley.

—Hum. Mme Walsh ne m'a pas semblé inquiète sur ce point, ce qui signifie qu'elle n'envisage pas cette possibilité.

—Sa réputation pourrait en souffrir.

—Elle pense peut-être qu'il est déjà trop tard pour la sauver. Apparemment, le capitaine ne faisait pas preuve d'une grande discrétion dans ses aventures.

—Je serais curieuse de savoir s'il lui a laissé quoi que ce soit, dit Haley.

—*Oh, Seigneur*, dit Ginger d'un ton songeur. Peut-être se préparait-il à modifier son testament en faveur de quelqu'un d'autre ?

—Une maîtresse ?

—L'actrice, d'après moi.

—Mlle Guilford n'a pas caché son déplaisir en voyant le capitaine dîner en compagnie de sa femme.

—Certes. Mlle Guilford ne m'a pas l'air du genre à aimer jouer les seconds rôles, même à côté de l'épouse légitime. Son comportement au bar a clairement établi qu'elle réclame de l'attention.

Ginger ouvrit la porte de leur cabine, et Boss bondit de son coussin pour l'accueillir.

—Tu es rentré !

Ginger se baissa pour soulever le petit chien entre ses bras, le laissant lui lécher le visage. Elle nota mentalement de gratifier Mlle Chloe d'un généreux pourboire, la prochaine fois qu'elle la verrait. Penser à la femme de chambre lui rappela sa promesse à M. Hardy. Elle devait trouver un moyen pour faire se parler ces deux grands timides.

Elle posa le chiot, ayant elle-même besoin de se soulager du cognac. Il la suivit dans la pièce, remuant sa petite queue.

—Désolée d'avoir été si longue, Bossy. Maman enquête sur un meurtre, et ça ne peut pas attendre.

Ginger retira ses gants, les plia et les rangea dans un des tiroirs, reprenant déjà le cours de ses réflexions sur l'affaire.

—Peut-être le capitaine a-t-il annoncé à Mlle Guilford qu'il ne quitterait jamais sa femme. Elle aura décidé de le supprimer en le frappant à la tête avec un objet contondant, dont la nature exacte reste à déterminer ?

—Cela pourrait constituer un mobile, admit Haley, alors qu'elle s'installait à la table et ouvrait ses manuels. Mais elle n'est pas assez forte pour l'avoir soulevé et plongé dans un tonneau.

—Elle, non. Mais M. MacIntosh, le second, oui, répondit Ginger, allant s'asseoir près du hublot.

Boss y vit une invitation à grimper sur les genoux de sa maîtresse.

—Rappelez-vous cette dispute que j'ai surprise, entre lui et le capitaine.

—Dommage que nous ne connaissions pas le motif de leur querelle.

—Oui. (Ginger croisa les jambes, et Boss changea de position en conséquence.) Et cela soulève une autre question. Si vous deviez tuer un homme à bord d'un bateau, pourquoi cacheriez-vous le corps dans un tonneau de cornichons ?

Haley secoua ses boucles brunes.

—Je le pousserais par-dessus bord, pour éviter qu'on ne le retrouve.

—Celui ou celle qui a assassiné le capitaine Walsh tenait donc à ce qu'on le retrouve.

—Pour apporter la preuve de son décès ?

—Une pensée plutôt sordide.

Haley hocha la tête.

—Presque digne du crime organisé.

Ginger se leva et reposa Boss sur son coussin, et le chien se coucha en rond, confortablement.

—Qui d'autre aurait eu un mobile et un moyen de tuer le capitaine ? demanda Haley.

Ginger arpenta l'espace entre elle et son amie.

—Ce pourrait être n'importe qui, en fait. Nous ne connaissons vraiment presque personne à bord.

—C'est exact.

—Mais je ne peux m'empêcher de penser aux regards échangés entre Babineaux et Mme Walsh. Il me semble qu'ils sont plus que de simples accointances.

—Le cuisinier aurait tué le capitaine pour lui voler sa femme ? demanda Haley. Il est assez fort pour avoir mis le corps dans le tonneau.

—Oui, mais dans ce cas, pourquoi aurait-il décidé ensuite d'annoncer qu'il s'y trouvait ?

—Babineaux a peut-être pensé que sa « découverte » du corps le placerait au-dessus de tout soupçon.

—Cela n'explique toujours pas pourquoi il n'aurait pas choisi de pousser le cadavre par-dessus bord, dit Ginger.

—Exact.

—Mme Walsh, Mlle Guilford, M. MacIntosh et M. Babineaux sont donc tous des suspects en puissance.

—Alors, à qui le tour ? Qui allons-nous interroger ? demanda Haley.

—Bonne question. (Ginger s'assit à la coiffeuse, se donnant un coup de brosse pour arranger son carré court.) Nous devons éviter de gêner l'inspecteur principal. Nous avons eu de la chance de parler à Élise Walsh avant lui, mais nous pouvons partir du principe qu'il a appris l'existence du chantage depuis.

—L'inspecteur principal semble très attentif et sensible à son entourage, remarqua Haley avec un clin d'œil. En particulier à vous.

Ginger gloussa.

—Restez concentrée, ma chère mademoiselle Higgins.

—Si vous insistez, répondit Haley. Quelle est la suite des événements ? Une visite à Mlle Guilford ?

11

Ginger glissa son bras à celui de Haley, alors que Boss les précédait au bout d'une laisse. Elle ne voulait pas l'abandonner dans leur cabine, et le temps manquait pour se mettre en quête de Scout.

Elles allèrent s'adresser au concierge pour obtenir le numéro de cabine de Mlle Guilford. Le jeune homme – « Ernest », d'après son badge – parut subjugué par la personnalité haute en couleur de Ginger. Ou peut-être était-il pétrifié par la méfiance que lui inspirait son chien. Il était parfois difficile de comprendre la jeune génération.

—Connaissez-vous mon Boston terrier ? demanda Ginger, avec un sourire jovial. Il s'appelle Boss.

—Non, madame. Je n'ai pas eu ce plaisir. (Ernest s'accroupit et tendit la main.) Il est du genre affectueux ?

—Il vient de manger ; je pense que vous ne risquez rien.

Ernest retira vivement sa main et lança à Ginger un regard interloqué.

—Je vous taquine, voyons. Boss est un amour.

Ernest rit tout bas et tenta une seconde approche. Boss s'appuya contre la main du jeune homme et se laissa gratter derrière l'oreille avec délectation. Sa petite langue rose lécha l'air en signe d'approbation.

—Il est censé rester au chenil pendant toute la durée du voyage, mais je ne supporte pas l'idée de l'abandonner là-bas. Une courte promenade au grand air ne peut pas faire de mal.

—J'ai moi-même un chien, dit Ernest en haussant les épaules. Un berger allemand. Maxine.

—Une belle race. Ils sont tellement intelligents.

—Oui, madame. Ma Maxine est plus futée que pas mal de gars que je connais.

—Je suis sûre que Maxine attend votre retour avec impatience. (Ginger le regarda dans les yeux.) Ernest ? J'ai un service à vous demander. Nous avons eu le privilège de dîner avec Mlle Nancy Guilford l'autre soir, dit-elle, en mettant le paquet sur son charme anglais. Quelle femme délicieuse ! Nous nous sommes entendues à merveille, et j'ai très envie de la revoir avant de débarquer. Je m'en voudrais de laisser filer la chance de nouer une véritable amitié. Hélas, l'étourdie que je suis n'a pas pensé à lui demander son numéro de téléphone.

Ginger battit des paupières à l'intention du jeune homme subjugué, tandis que Haley se retenait à grand-peine de ne pas lever les yeux au ciel.

—Nous avons pour principe de ne pas communiquer d'informations personnelles sur nos passagers, mais comme nous arrivons bientôt à quai, cela ne devrait pas poser de problème.

Il leur donna le numéro de cabine de Mlle Guilford, à tribord, du même côté que celle des Walsh, mais plus près de la proue, et à une distance suffisante pour leur fournir largement l'occasion de faire des rencontres gênantes.

—Merci, Ernest ! (Ginger lui envoya un baiser.) Vous êtes un amour.

—Et *vous* devriez avoir honte, marmonna Haley à voix basse, alors qu'elles s'éloignaient.

—J'ai obtenu le numéro, oui ou non ?

—Pour ça, je dis, bien joué. Comment, exactement, avez-vous l'intention de nous présenter à Mlle Guilford ? demanda Haley. Je doute qu'elle sache même que nous existions.

—Je doute qu'elle sache que quelqu'un puisse exister hors de son entourage, répondit Ginger.

Les vedettes de cinéma vivent dans un monde à elles, en dehors de la réalité.

—J'ai entendu dire qu'elle allait bientôt jouer dans un film parlant.

—Avec cette voix ?

Elles tournèrent dans la coursive où Nancy Guilford avait sa cabine, juste au moment où sa porte s'ouvrait sur M. MacIntosh. Les deux jeunes femmes reculèrent au coin, avant d'être vues. Ginger tint un doigt à ses lèvres pour Boss.

—Intéressant, dit-elle, une fois MacIntosh disparu.

—Très intéressant, renchérit Haley. L'actrice et le second se connaissent. Des amants ?

—Des complices d'un meurtre ?

—Avec quels mobiles respectifs ?

—Peut-être le second rêve-t-il de devenir capitaine.

—Vous pensez qu'il tuerait pour cela ?

—Je l'ignore, dit Ginger. Qu'aurait-il d'autre à gagner ?

—MacIntosh est peut-être notre maître chanteur. S'il s'est montré trop gourmand, lui et le capitaine ont pu en venir aux mains, suggéra Haley. Sous le coup de la colère, MacIntosh l'aura tué.

—C'est possible, et cela expliquerait la dispute que j'ai surprise entre eux. À moins qu'il n'ait agi purement par soif de pouvoir. MacIntosh est maintenant le capitaine par intérim pour la durée du voyage. Nous devons découvrir s'il peut espérer rester définitivement en poste à la tête de ce navire.

—Il a aussi pu agir tout simplement par jalousie, dit Haley. Peut-être s'est-il entiché de la sensuelle Mlle Guilford et n'a-t-il pas supporté l'idée de devoir la partager avec un autre ?

—Dans ce cas, la dispute entre le capitaine et son second aurait pu porter sur Mlle Guilford.

—MacIntosh est certainement assez fort pour mettre un homme dans un tonneau.

Haley ralentit, alors qu'elles arrivaient à la porte de Mlle Guilford.

—Mais pourquoi se donner cette peine ? Cette question reste en suspens, ajouta-t-elle.

—Un corps se conserve plus ou moins dans la saumure, n'est-ce pas ? demanda Ginger.

—Très provisoirement, alors.

—Mais assez longtemps pour le transporter à terre demain soir, je suppose ?

—Oui. Ce qui soulève la question de la raison pour laquelle l'assassin souhaite préserver le corps. S'il ne s'agit pas juste d'apporter la preuve du décès, qu'est-ce qu'il cherche à montrer ?

Ginger frappa à la porte. À l'inverse de la réponse lente à venir de Mlle Walsh, elle s'ouvrit immédiatement. Le sourire sur le visage de Nancy Guilford disparut dès qu'elle les vit.

—Attendiez-vous quelqu'un d'autre ? demanda Ginger.

L'actrice sourit d'un air méprisant.

—Certainement pas vous, madame Gold, dit-elle de sa voix traînante et nasillarde.

—Ainsi, vous savez qui je suis.

—Le capitaine parlait souvent de vous et de ses relations avec votre famille avec enthousiasme. (Elle plissa les yeux avec méfiance.) Qu'est-ce que vous faites là ?

Ginger plongea la main dans son sac à bandoulière pour en extraire la bouteille de cognac à moitié pleine. À ce rythme-là, si Haley et elle buvaient avec chaque suspect qu'elles interrogeaient, elles seraient complètement rondes d'ici à la fin de la soirée.

Nancy regarda la bouteille et leur fit signe d'entrer.

—Le chien reste dehors.

—Alors, le cognac aussi.

—Comme vous voudrez. Mais s'il salit la moquette, je vous envoie la facture.

—D'accord.

Nancy Guilford semblait s'épanouir dans le chaos, comme en témoignaient les vêtements raffinés drapés sur toutes les chaises et la lingerie en dentelle qui pendait de manière aguichante de tiroirs laissés ouverts. Bien que le lit soit fait – la femme de chambre était passée par là –, la courtepointe en désordre suggérait une utilisation récente. Il n'y avait pas un livre en vue, mais un tas de magazines de cinéma jonchait la table.

Comme elle l'avait fait chez Mme Walsh, Haley trouva trois verres à leur place près de la carafe en cristal et les posa sur la commode, devant les chandeliers. Ginger s'attarda à côté d'un tiroir ouvert, juste le temps de procéder à un rapide inventaire – des gants dépliés, le ticket de caisse froissé d'une bijouterie –, avant de le fermer avec sa hanche. Elle servit deux doigts de cognac à Nancy Guilford, qui accepta le verre et la remercia d'un signe de tête.

—Vous avez compris que le capitaine et moi étions amants, je suppose, dit-elle, après sa première petite gorgée.

—C'est effectivement la conclusion à laquelle nous sommes parvenues.

Ginger ne jugea pas nécessaire de dire qu'elles en avaient obtenu la confirmation par la femme du capitaine.

—Et vous me soupçonnez d'être impliquée dans sa mort.

—C'est le cas ? demanda Haley.

Nancy prit une bonne lampée.

—Non.

Bref et précis.

—Étiez-vous avec lui hier soir ? voulut savoir Ginger.

—Non pas que ce soit vos affaires, mais oui.

Elle sortit une cigarette de son étui, l'introduisit dans un fume-cigarette ivoire et l'alluma avec un briquet en argent. Soufflant la fumée par le côté de sa bouche, elle ajouta :

—Et avant que vous ne me posiez la question, il était en vie quand j'ai quitté sa cabine.

—Pouvez-vous en fournir la preuve ? dit Haley.

Nancy Guilford lui lança un regard mauvais.

—Je n'ai pas à *vous* donner un alibi.

—Vous connaissez bien M. MacIntosh ? reprit Ginger.

—Ça, ça ne vous concerne pas, mon chou.

Ginger tenta d'employer la même astuce qu'avec Mme Walsh, et de présenter leur conversation comme une occasion de se préparer à un interrogatoire par la police.

—Alors, M. MacIntosh. Vous le connaissez bien ?

Nancy réfléchit avant de répondre.

—Aussi bien que n'importe qui à bord.

—Saviez-vous que le capitaine Walsh était la victime d'un chantage ?

Nancy eut un rire railleur.

—Qui vous a raconté ça ? Élise ? Cette vieille folle ne supportait pas que Joseph me préfère à elle. Elle ne reculera devant rien pour ternir sa mémoire.

—Donc, à votre connaissance, personne ne faisait chanter le capitaine.

—Non, personne. (Elle écrasa sa cigarette à moitié fumée.) Maintenant, si vous voulez bien m'excuser, je me sens très fatiguée et j'aimerais que vous partiez.

Ginger examina la bouteille de cognac, encore remplie d'un bon tiers, et revissa le bouchon.

—Ce fut un plaisir, dit Ginger.

Haley gloussa.

—Allons-y, Boss, dit Ginger au terrier, alors qu'elle ouvrait la porte.

Elle tomba en arrêt, nez à nez avec Basil Reed, qui avait levé le poing pour frapper.

—Inspecteur principal Reed, quelle surprise !

Le visage du policier se crispa dans une expression de mécontentement. Ginger commençait à croire qu'elle lui était réservée. Il regarda Boss avec répugnance, puis dit :

—Vraiment ? Puis-je vous demander ce que *vous* faites là ?

Ginger lui montra la bouteille presque vide.

—Juste un petit tête-à-tête avec cette chère Nancy. C'est une amie à moi. Saviez-vous qu'elle est une vedette de cinéma ? En Amérique, bien sûr.

—Je crains de n'avoir vu aucun de ses films, grommela-t-il. Maintenant, si vous n'y voyez pas d'inconvénient, j'aimerais l'interroger.

—Mais certainement, inspecteur principal, répondit Ginger avec un grand sourire victorieux. Bonne journée.

12

Avec son chapeau à large bord orné de fleurs blanches en soie et ses gants en dentelle qui atteignaient presque ses coudes, Ginger pensait pouvoir rivaliser de charme avec l'actrice. Elle se laissa aller en arrière sur son transat et dressa gracieusement un genou sous la soie bleu ardoise de sa robe. Le vent créait des ondulations élégantes dans la garniture en crêpe de Chine de la jupe et les manches cloche. Profiter ainsi du soleil pouvait sembler frivole, vu le peu de temps qu'il leur restait pour résoudre cette affaire, mais Ginger avait besoin d'une pause pour réfléchir. Elle ferma les yeux. Aucune énigme n'était insoluble, si on l'étudiait sous tous les angles.

Le capitaine Walsh avait été frappé avec un objet contondant et transporté dans la chambre froide pour sa conservation. On ne connaissait pas la scène de crime – pas elle, du moins. Dans l'entourage du capitaine, toutes celles et tous ceux en relation avec lui étaient des suspects en puissance.

—Justement la personne que je cherchais.

Ginger sourit, reconnaissant cette voix, avant d'ouvrir les yeux.

—Ah, inspecteur principal Reed. Êtes-vous venu profiter de cette vue magnifique ?

—J'aimerais avoir du temps libre, madame Gold. Hélas, j'ai un meurtrier à arrêter.

Ginger se redressa et ajusta son chapeau de soleil, de sorte que la parure florale se trouve bien au-dessus de son oreille.

—C'est communément une gêne pour qui souhaite se détendre.

—Tout à fait. (L'inspecteur principal retira son panama pour indiquer le transat vide.) Puis-je me joindre à vous ?

Séduite par son assurance et admirant le beau visage que lui avait donné le Créateur, Ginger fixa le policier. Elle apprécia particulièrement son bon goût, notant son costume en tweed impeccable avec le pli rectiligne du pantalon, et ses richelieus bicolores. Elle sourit.

—Bien sûr.

Au lieu de se relaxer et d'étendre les jambes, l'inspecteur principal Reed s'assit au bord du transat et posa les coudes sur les genoux.

—Vous avez l'air sérieux, dit Ginger.

—Je le suis. J'ai reçu des informations de Scotland Yard. Saviez-vous que le capitaine Walsh devait de l'argent à votre père ?

Ginger plissa les yeux.

—Non, je l'ignorais. Combien ?

—Beaucoup. Dix mille dollars américains.

—Quoi ? (Ginger resta bouche bée.) Je n'étais absolument pas au courant.

Basil Reed l'observa attentivement.

—En êtes-vous sûre ?

—Qu'êtes-vous en train d'insinuer ?

—Peut-être le capitaine a-t-il refusé de payer.

Ginger eut un rire moqueur.

—Et quoi ? Je lui aurais porté plusieurs coups à la tête, avant de le traîner dans la chambre froide et de le fourrer dans un tonneau de cornichons ?

—Pas forcément seule. Quelqu'un a pu vous aider. Une amie ?

—Qui ? Vous parlez de Mlle Higgins ? Certainement pas !

L'inspecteur principal regarda ostensiblement les rares transats occupés sur le pont autour de lui.

—Où est notre brave infirmière ?

—Dans notre cabine, le nez dans un livre. Mlle Higgins prend ses études très au sérieux.

—Sa formation médicale lui a probablement appris comment arrêter un cœur.

—Je suis sûre qu'elle imaginerait une méthode bien plus originale que de frapper sa victime avec un objet contondant, ce qui, soit dit en passant, n'est pas ce qui a tué le capitaine.

—Pour le moment, je n'ai que la parole de l'infirmière Higgins pour cela.

Ginger souffla. *Ah, les hommes.*

Un amoncellement de nuages arriva, gâchant le ciel bleu vif. Soudain plus fort, le vent souleva légèrement la jupe de Ginger, exposant un mollet bien proportionné. Elle se hâta de rajuster l'ourlet.

Basil Reed s'éclaircit la voix et la regarda droit dans les yeux.

—Madame Gold, avez-vous apporté un pistolet à bord ?

—Inspecteur principal !

—Pour les Américains, ce n'est qu'un accessoire de mode comme un autre, mais nous, les Anglais, prenons les armes à feu très au sérieux.

—Je ne vois pas en quoi le fait que je possède ou non un pistolet est pertinent. Le capitaine n'est pas mort d'une blessure par balle.

—Veuillez répondre à ma question.

—Oh, et puis flûte ! Oui. *Oui, j'en ai un.* Un joli pistolet de poche.

—Marque et modèle ?

Ginger se calma, ravalant son irritation. Elle leva son menton d'un air de défi.

—Un Remington Model 95. Un petit bijou.

Daniel le lui avait offert, avant de quitter Boston pour rejoindre l'armée britannique.

—Allez-vous me le confisquer ?

—Pourquoi le portez-vous ?

—Je suis une femme seule, en voyage vers un pays étranger.

—L'Angleterre n'est pas précisément un pays « étranger » pour vous. Et quelqu'un vous accompagne.

—Également une femme. Nous sommes toutes les deux vulnérables.

Basil Reed haussa un sourcil, mais il céda.

—Je vous autorise à le conserver pour l'instant, à condition que vous me promettiez de le déclarer à Londres en arrivant.

—Pourquoi ? Je ne prévois pas de rester.

—Alors gardez-le à l'abri des regards, sauf en cas d'absolue nécessité. S'il se trouve que vous changez d'idée, venez au poste. J'évaluerai votre situation et examinerai votre demande de permis.

Ginger parvint à peine à contenir son indignation. Sentant l'émoi de sa maîtresse, Boss sortit furtivement de sous le transat de Ginger.

—Holà ! s'exclama l'inspecteur principal Reed, avec un brusque mouvement de recul. Je pensais que la présence des chiens était interdite sur le pont.

—Boss préfère être en ma compagnie, et il ne dérange vraiment personne, aussi longtemps que je le garde à l'abri des regards.

L'inspecteur principal Reed lui jeta un coup d'œil en coin.

—Je perçois chez vous une tendance à contourner les règles. Je suis curieux, madame Gold : arrivez-vous toujours à vos fins ?

—Non.

Pas toujours.

—Mais souvent ?

—Où voulez-vous en venir ? répondit Ginger, que la beauté et le charme du policier laissaient froide à présent.

Ses lèvres se relevèrent d'un côté de la bouche.

—Je vous dirais bien de ne pas quitter la ville, mais comme nous sommes à bord du SS *Rosa*, vous n'avez nulle part où aller.

Boss manifesta son mécontentement par un grognement. L'inspecteur principal Reed recula prudemment d'un pas. Le brave policier avait-il peur des chiens ? Ginger réprima un petit sourire narquois.

—Madame Gold, la sortie clandestine d'un animal de compagnie n'est-elle pas un acte provocant et quelque peu téméraire ?

Ginger haussa les épaules et battit des paupières avec innocence.

—Provocante et téméraire, telle est ma devise. En fait, je veux qu'on grave ces deux mots sur ma pierre tombale, à ma mort.

La mâchoire de Basil Reed se relâcha, mais il pinça fermement les lèvres.

Boss émit un nouveau grognement, venu du ventre.

—Boss ne semble pas vous apprécier, inspecteur principal Reed, dit sèchement Ginger. C'est curieux. Il est généralement fin psychologue.

13

— Cet homme est exaspérant !

Ginger jeta son chapeau sur son lit, alors que Boss retrouvait sa place sur l'oreiller.

Haley se redressa, manifestant de l'intérêt.

—Quel homme ? demanda-t-elle.

Ginger retira ses gants avec affectation.

—Monsieur l'inspecteur principal Basil Reed, de Scotland Yard.

—Nom, prénom et titre ? Il y a de l'amour dans l'air.

—Ce n'est pas le moment de plaisanter, Haley. Il me soupçonne – il *nous* soupçonne, en fait – de meurtre.

Haley sembla stupéfaite.

—C'est ridicule.

Ginger hocha vigoureusement la tête.

—Je ne vous le fais pas dire ! Apparemment, le capitaine Walsh devait de l'argent à mon père.

Même si j'avais eu vent de cette dette, ce qui n'était pas le cas – vous connaissiez mon père : jamais un mot sur ses finances –, pourquoi l'aurais-je tué ? Cela ne m'aurait certainement pas rendu cet argent.

—Eh bien…, dit Haley, se tapotant les lèvres avec un crayon. Vous auriez pu vous laisser emporter, agir sous le coup de la colère, par rancune.

—Je ne suis pas rancunière ! La preuve : l'inspecteur principal est toujours entier.

—Pour l'instant.

Ginger se calma assez pour s'asseoir sur le matelas et déboucler ses chaussures en daim à double bride.

—Je suis peut-être quelqu'un de passionné, mais je n'ai pas l'esprit vindicatif.

—Mais moi si, peut-être, dit Haley avec un sourire narquois. Il se peut qu'ayant eu connaissance de cette dette, j'aie tué le capitaine dans une tentative ratée d'honorer la mémoire de votre père.

—Haley Higgins ! Vous ne devez pas plaisanter avec cela !

Haley gloussa.

—Je n'aurais pas réussi à le transporter sans aide jusqu'à la chambre froide, et vous êtes ma seule amie.

L'aveu de Haley fit chaud au cœur à Ginger. En temps normal, elles n'auraient pas forgé une amitié, chacune d'elles évoluant dans des cercles différents. Ginger appartenait à la haute société, et Haley à la classe moyenne. Sans la santé fragile de son père, et les expériences qu'elles avaient partagées pendant la guerre – un cauchemar qui effaçait les barrières de classe et rendait les hommes égaux –, elles ne se seraient jamais rencontrées.

—Si blessants que me semblent les soupçons de l'inspecteur principal, je suppose qu'il ne fait que son travail, dit Ginger. Je ne peux pas le lui reprocher.

—Je retrouve là votre bon sens.

Ginger pointa l'air de son doigt.

—Nous devons nous introduire dans la cabine du capitaine.

—Je me réjouissais trop vite. Le voilà déjà parti.

—Je suis sérieuse, Haley, et vous devez l'être aussi. Il faut nous disculper.

—En entrant sans permission dans la chambre de la victime d'un meurtre ?

—Certainement pas en restant les bras croisés. Alors, vous venez ?

Avec Boss marchant discrètement entre elles, elles se dirigèrent vers les quartiers des Walsh.

Haley jeta un coup d'œil au chien.

—Vous pensez que c'est une bonne idée d'emmener Boss ?

—Il est très intelligent. Il se peut qu'il flaire quelque chose qui nous échappe.

—Ou qu'il aboie et trahisse notre présence.

—Il n'aboiera pas si je lui dis de ne pas le faire.

—Le canidé le plus futé de toute la planète.

—Je ne vous le fais pas dire. D'ailleurs, Boss vous a entendue.

La petite queue du terrier remua en réponse.

Elles s'arrêtèrent devant la porte de Mme Walsh, et Ginger frappa.

—Madame Walsh ?

Il y avait toutes les chances qu'elle soit dans sa chambre, mais même son statut de veuve de fraîche date ne lui imposait pas de rester cloîtrée dans ses quartiers pour le reste du voyage. Ginger frappa et appela de nouveau, mais rien ne vint rompre le silence de l'autre côté. Haley tenta de tourner la poignée.

—C'est fermé.

Ginger retira une épingle à cheveux de son chapeau, la fit jouer dans le trou de serrure et, quelques instants plus tard, la porte s'ouvrit.

—Madame Gold, vous m'étonnerez toujours.

—La guerre, répondit Ginger en guise d'explication.

Elle avait acquis de nombreuses compétences peu orthodoxes, pendant qu'elle servait en France.

—Viens, Boss.

La pièce avait à peu près le même aspect qu'à leur visite ce matin-là. Ginger profita de l'occasion pour jeter un coup d'œil furtif au contenu des tiroirs. Des dessous victoriens simples – culottes bouffantes, bas, corsets –, pas de poudres pour le visage ou de bijoux, juste quelques épingles à chapeau. Mme Walsh était une femme raisonnable, terre à terre.

Haley explora la penderie.

—Quelque chose d'intéressant ? demanda Ginger.

—Rien qui sorte de l'ordinaire. Plusieurs robes de bonne facture dans des nuances sombres de bleu, de gris et de noir. (Elle lança un regard éloquent à Ginger.) Une garde-robe bien fournie pour un veuvage, si elle se préparait à une telle éventualité, et une sélection de bottines noires à lacets. Mme Walsh n'a peut-être pas votre sens de la mode, mais elle a un bon tailleur.

—Pensez-vous que sa garde-robe soit un signe de préméditation ?

—C'est possible. Ou alors, elle fait preuve d'un manque de discernement encore pire que le mien dans ses choix vestimentaires.

À l'arrière du tiroir des bas, Ginger découvrit un carré en argent brillant.

—Eh bien ! Regardez un peu ça, dit-elle.

Entre ses doigts gantés, elle leva un bouton de manchette gravé d'une fleur de lys.

—Les boutons de manchette du capitaine ? dit Haley.

Ginger fit courir ses doigts le long du fond et des bords du tiroir.

—Un seul. Le second n'y est pas.

—Il n'est pas si inhabituel qu'une femme soit en possession d'affaires appartenant à son mari, remarqua Haley.

Comme Ginger l'espérait, la porte de communication entre les deux chambres n'était pas fermée à clé. Cela la surprit tout de même, Mlle Guilford ayant reconnu rendre fréquemment visite au capitaine. Ce dernier aurait au moins pu avoir assez de respect envers son épouse pour fermer la porte.

Cela dit, peut-être l'avait-il fait, et Mme Walsh avait ouvert pour entrer.

La pièce était un double inversé de la chambre d'Élise Walsh. Une fouille rapide des tiroirs et de la penderie révéla une version masculine du même genre d'affaires.

—Nous ne sommes certainement pas les premières à fouiner, dit Haley.

Ginger partageait cet avis.

—Ce cher inspecteur principal est bien obligé de faire quelque chose pour mériter sa réputation. C'est sûrement ici qu'il a entamé son enquête.

Ginger découvrit une boîte raffinée en acajou remplie d'un bel assortiment de boutons de manchette.

—Pas un ne manque à l'appel, dit-elle.

Boss flaira la moquette dans un coin derrière un fauteuil, à côté de la fenêtre, et se mit à gémir.

—Qu'est-ce qu'il y a, Bossy ?

Ginger le suivit jusqu'à une tache sombre, qui déparait le motif de la moquette rouge.

—Apparemment, il s'est passé quelque chose de grave ici, constata-t-elle.

Haley les rejoignit et s'accroupit pour examiner la tache de plus près.

—Du sang.

Ginger pointa du doigt la commode.

—Il manque un des chandeliers.

—Ils ne sont pas fixés ?

Ginger se pencha pour jeter un coup d'œil.

—Il semble qu'ils se dévissent. Sans doute pour permettre aux femmes de chambre de les nettoyer.

Haley se redressa et épousseta sa jupe avec les mains.

—Je serais prête à parier que le chandelier disparu est l'arme du crime.

—Nous serions donc sur la scène de crime, dit Ginger d'un ton songeur. Mais comment le tueur a-t-il transporté le corps jusqu'à la chambre froide, trois ponts plus bas ? C'est un sacré poids mort à porter sur son dos, comme un sac de pommes de terre. Même pour un homme fort.

—Un chariot de la blanchisserie, peut-être une desserte.

—Ah, bien raisonné, Haley. Le capitaine a très certainement demandé qu'on lui monte quelque chose, s'il avait l'intention de recevoir.

—Nous devons envisager l'éventualité que nous ayons affaire à plus d'un tueur, poursuivit Haley. Deux assassins, unis par un but commun.

—Pas forcément. Deux personnes avec des mobiles différents ont pu choisir de s'allier en découvrant que chacune désirait la mort du capitaine, mais pas pour les mêmes raisons.

—Une hypothèse intéressante, dit Haley. Supposons que ce soit la bonne. Qui seraient nos deux complices ?

—Nancy Guilford et MacIntosh ? Élise Walsh et Babineaux ?

Des voix se firent entendre depuis la chambre de Mme Walsh. Ginger regarda Boss et tint un doigt à ses lèvres. Il aurait droit à une friandise, à leur retour dans leur cabine.

La porte de communication laissée légèrement entrebâillée permit à Ginger et Haley de voir Mme Walsh, seule avec Babineaux.

—Je le méprisais peut-être, disait Élise, mais cela ne signifie pas pour autant que je voulais sa mort.

—*Le monde verra cela comme tragique, mais pour nous, chère Élise, cela signifie la liberté*, dit le cuisinier en français.

Ginger haussa un sourcil et regarda Haley, alors qu'elle traduisait pour elle à voix basse.

14

Ginger et Haley regagnèrent discrètement le couloir par la porte principale de la cabine du capitaine.

Prenant soin de parler à voix basse, Haley demanda :

—Est-ce un aveu, que nous venons d'entendre de la bouche de Babineaux ?

—C'est certainement l'interprétation que l'on peut en avoir, dit Ginger. Néanmoins, il n'a en réalité pas dit qu'il l'avait fait.

—Vous aviez mis en plein dans le mille, avec vos soupçons à propos de Babineaux et Mme Walsh, ajouta Haley. Son affection pour elle pourrait constituer un mobile.

Ginger hocha la tête.

—Je suis d'accord.

—Et maintenant, quelle est la suite ?

—Je n'en suis pas sûre. Je vais y réfléchir, le temps d'une petite promenade avec Boss.

—Je vous retrouve plus tard dans notre cabine.

Haley tourna en direction de la coursive à bâbord, tandis que Ginger continuait à marcher.

Sur le pont, beaucoup de passagers profitaient du soleil. M. et Mme Fairchild saluèrent Ginger de la main, quand ils l'aperçurent. Elle leur rendit la politesse, mais elle pressa le pas. Pour se justifier, elle pointa son chien du doigt, une manière de sous-entendre qu'elle devait vite le ramener au chenil – une ruse, en fait, pour éviter de s'enliser dans un échange de banalités.

Après que la présence de Boss eut suscité quelques froncements de sourcils et marmonnements désapprobateurs, Ginger le souleva entre ses bras, les manches cloche en crêpe de Chine de sa robe lui permettant de devenir invisible. Le vent attrapa le bord de son chapeau dans un mouvement ascendant, et sans ses excellents réflexes, elle aurait pu le perdre. Elle le maintint fermement en place d'une main.

Elle s'interrogeait sur la prochaine étape de son enquête, quand le sort s'en mêla. Patty Applebalm passa à côté d'elle en hâte, retenant elle aussi son chapeau sur sa tête d'une main gantée de blanc.

Ginger pivota sur ses talons et lui emboîta le pas.

—Mademoiselle Applebalm !

La femme jeta un regard surpris par-dessus son épaule.

—Bonjour ! dit Ginger, avec un sourire aimable. Nous n'avons pas été présentées, je crois. Je suis Mme Gold.

Patty Applebalm hésita avant de répondre.

—Comment allez-vous ?

—Bien, merci. Et vous ?

—Très bien.

Ginger avança pour se tenir à côté de son interlocutrice, qui portait une robe de jour dans un ton pêche qui ne flattait pas son teint. Ginger s'étonna que Mlle Guilford ne lui en ait pas fait la remarque. Ou si elle l'avait fait, peut-être Mlle Applebalm avait-elle ignoré son avis. Derrière son air effacé, modeste, elle ne pouvait pas être la collaboratrice de quelqu'un comme Nancy Guilford sans avoir au moins un peu de cran.

—Travaillez-vous depuis longtemps pour Mlle Guilford ? demanda Ginger. Ce doit être passionnant d'être l'assistante d'une célèbre vedette de cinéma ?

Patty Applebalm observa Ginger, comme si elle s'interrogeait sur son intelligence.

—J'ai connu Mlle Guilford toute ma vie.

Ginger nota que Patty ne répondait en réalité à aucune des deux questions.

—Êtes-vous sa tante ?

Patty la regarda sévèrement.

—Pourquoi me demandez-vous cela ?

—Eh bien, vous dites que vous l'avez connue toute votre vie, et je crois deviner une légère ressemblance.

C'était une *très* légère ressemblance, quasi inexistante, en fait, mais Ginger espérait que son exagération fasse parler cette femme. Elle en fut récompensée.

—Ce n'est pas de notoriété publique, mais Nancy est l'enfant de ma sœur jumelle. Hélas, ma sœur n'est plus de ce monde.

—Je suis désolée. Heureusement, Mlle Guilford vous a toujours à ses côtés.

—Je l'aime comme ma propre fille. Nancy a très gentiment proposé de m'employer, alors que des centaines de jeunes femmes plus compétentes seraient ravies d'avoir mon travail.

—Un arrangement mutuellement bénéfique, donc.

—Oui, tout à fait.

Boss remua dans les bras de Ginger, et Patty Applebalm porta la main à sa poitrine.

—Mince, alors ! Je n'avais pas remarqué votre chien.

—Oh, je vous demande de bien vouloir l'excuser. Il n'avait pas l'intention de vous effrayer. C'est un vrai gentleman, vous savez.

—Il a une… drôle de tête.

Ginger cligna des yeux, mais garda le sourire, en dépit de l'insulte faite à son petit compagnon adoré.

—C'est un Boston terrier, un mélange de terrier et de boxer. C'est une race qui fait fureur en Amérique.

Patty ne semblait pas partager son enthousiasme.

—Vous n'aimez pas les chiens, je suppose ?

—Je préfère les chats, répondit Patty. J'ai dû laisser Peanut et Butter à la maison. Il n'est pas si facile de transporter des chats.

—Je suis sûre que vous leur manquez.

Ginger aperçut les vagues de plus en plus hautes, les oscillations du bateau lui retournant l'estomac. L'idée de se faire balloter par l'océan la remplissait d'effroi. Une fois dans une vie, c'était bien suffisant.

—Je dois me dépêcher maintenant, dit Patty Applebalm. Mlle Guilford m'attend.

—Bien sûr. Et veuillez transmettre mon meilleur souvenir à Mlle Guilford.

Ginger et Mlle Applebalm se séparèrent, et Ginger se retrouva seule. À ce moment-là, elle entendit quelqu'un siffler.

—*Psst !*

Ginger se tourna en direction du son.

—*Psst, miss.*

Elle parcourut le pont du regard à la recherche du jeune Scout, sachant que le garçon aurait de gros ennuis si on le surprenait en première classe. Elle devait reconnaître qu'il avait du mérite : bien qu'elle l'entende, elle ne le vit nulle part. Il était aussi invisible qu'il l'avait prétendu. Elle aurait pu demander à Boss de le flairer, mais elle ne voulut pas attirer l'attention.

—Retrouve-moi près de la salle des machines, dit-elle à voix haute, semblant ne s'adresser à personne en particulier.

Un couple aux cheveux gris qui se promenait la regarda bizarrement en passant.

Ginger flâna avec langueur, gardant un visage impassible, alors qu'elle bouillait intérieurement de curiosité. Le jeune Scout devait avoir quelque chose d'important à lui dire, s'il estimait que cela méritait le risque énorme qu'il avait pris en partant à sa recherche.

Scout l'attendait assis sur un banc en face d'une pile de chaloupes de sauvetage blanchies à la chaux. Il était si petit – beaucoup trop pour un garçon de son âge – que ses pieds nus pendaient dans l'air. Le cœur de Ginger se serra. Son chien avait une vie meilleure que celle de ce garçon. La part maternelle insatisfaite de son âme mourait d'envie de le prendre dans ses bras et de le ramener chez elle. De lui faire couler un bain et de lui préparer un bol de soupe chaude. De lui couper les cheveux et de lui donner une brosse à dents. De lui offrir un ours en peluche et le réconfort d'une étreinte. Mais elle savait qu'il y en avait des centaines comme lui à Londres, et qu'elle en avait laissé autant derrière elle à Boston. Au moins pouvait-elle aider celui-là en lui confiant ces petites tâches.

—Scout, dit-elle, alors qu'elle approchait.

Il tendit le bras pour caresser Boss.

—Salut, mon pote.

Puis à Ginger :

—Bonjour, *miss*.

—Et si tu m'appelais Mme Gold ? dit-elle. Nous sommes amis, toi et moi, n'est-ce pas ?

—Oui, *miss* – enfin, m'dame !

Ginger sourit. L'enthousiasme de Scout était contagieux.

—Qu'est-ce que tu as pour moi, jeune homme ?

Elle s'attendait à ce qu'il lui présente le bouton de manchette en argent disparu, pour lequel elle l'aurait récompensé d'un généreux pourboire.

Scout se leva et s'agita, réfrénant son excitation.

—Vous m'avez demandé de vous dire si je voyais quelque chose de suspect, pas vrai ?

—Oui.

—*Hé*, j'ai vu quelque chose de carrément pas net.

—Qu'est-ce que tu as vu ?

—J'ai vu une dame balancer un truc par-dessus bord.

—Tu as vu ce que c'était ?

Scout fronça les sourcils.

—Non, mais c'était à peu près long comme ça. (Il écarta ses petites mains de la longueur d'une miche de pain.) Et du genre lourd. Ç'a fait un gros plouf, après qu'elle l'a jeté.

—Où est-ce arrivé ?

—Juste par là, m'dame. Derrière la salle des machines.

—As-tu reconnu cette femme ?

—Nan. Elle me tournait le dos et elle avait un de ces grands chapeaux à bords flottants sur la tête. J'avais le soleil dans les yeux. Elle a laissé tomber ça, ajouta-t-il, tendant la main vers Ginger.

Dans sa paume sale se trouvait un carré de papier, la photo d'un bambin, habillé d'un pantalon et d'une simple chemise blanche. Ginger la retourna. Au dos ne figurait que le nom d'un enfant, écrit à la main : Joseph Jr.

15

Du coin de l'œil, Ginger repéra Basil Reed, qui montait les marches menant à la première classe.

—Scout, tu veux bien garder Boss pour moi un moment ? Je viendrai le chercher au chenil plus tard.

—Pas de problème, m'dame.

Ginger lui tendit la laisse et rassura son chien en lui disant qu'elle n'en avait pas pour longtemps. Puis, elle se précipita vers la première classe. Ne voyant pas immédiatement l'inspecteur principal, elle craignit de l'avoir perdu, jusqu'à ce qu'elle l'aperçoive dans l'escalier en métal menant à la passerelle de commandement. La veste de son costume battait au vent, et il tenait son feutre sur sa tête pour l'empêcher de s'envoler.

La main sur son propre chapeau de paille, Ginger le suivit, prenant soin de rester à bonne distance, si jamais il regardait par-dessus son épaule. De ce poste d'observation, elle voyait les passagers de première et de deuxième classe parcourir en flânant leurs ponts respectifs. À l'ouest, le soleil se couchait en brillant de mille feux, un contraste saisissant avec les sombres nuages menaçants qui arrivaient de l'est. Tranquilles quelques heures plus tôt, les flots agités faisaient penser à de la meringue. Une odeur métallique régnait dans l'air, signe avant-coureur d'un changement de temps. Ginger espérait seulement qu'ils atteindraient Liverpool avant qu'éclate une tempête.

Elle appela l'inspecteur principal juste au moment où il levait le poing pour frapper à la porte de la passerelle de commandement.

—Monsieur Reed !

Surpris, il se tourna vers elle.

—Madame Gold ? Que puis-je faire pour vous ?

Elle sourit gaiement.

—Je suppose que vous êtes sur le point d'interroger M. MacIntosh. M'autoriseriez-vous à me joindre à vous ?

Un V prononcé se forma entre les yeux noisette de l'inspecteur principal.

—Comme vous le savez sans doute, la police n'a pas pour habitude d'inviter des civils à se mêler d'une enquête en cours. (Son froncement de sourcils s'accentua.) En particulier de potentiels suspects.

Ginger ignora la dernière partie de sa réponse.

—Oui, bien sûr. Mais nous ne sommes pas à Londres. Vous êtes le seul policier à bord, et il reste à peine un jour avant notre arrivée à Liverpool. Il me semble que vous pourriez apprécier un peu d'assistance.

Il croisa les bras, le lin impeccable de son costume se froissant à ses coudes.

—Et comment comptez-vous m'aider ?

—Je détiens peut-être des informations utiles.

Basil Reed haussa un sourcil.

—Poursuivez.

—Si je vous dis ce que je sais, vous devez me permettre de me joindre à vous. Ce n'est que justice. (Elle leva une paume.) Avant de me répondre, réfléchissez : entrer accompagné d'une femme est une manière pour vous de rassurer le second. Il n'aura pas le sentiment que vous l'interrogez en tant que suspect potentiel d'un meurtre et se montrera donc probablement plus communicatif.

—Vous êtes dure en affaires, dit l'inspecteur principal, qui céda. Très bien, je vous laisse venir avec moi, mais je ne veux pas vous entendre. C'est moi qui mène cet interrogatoire. Promettez-le-moi.

Ginger mima le geste de tourner une clé devant sa bouche.

—Alors, ces informations dont vous me parliez ? demanda-t-il.

—Mlle Higgins et moi promenions Boss, quand nous avons aperçu par hasard M. MacIntosh. Il sortait de la cabine de Mlle Guilford. (Elle lui lança un regard lourd de sous-entendus.) Tout à fait seul.

—Je vois.

—En fait, l'incident s'est produit peu avant que vous n'arriviez pour interroger Mlle Guilford.

—Vous semblez passer beaucoup de temps à tribord, pour une personne dont les quartiers se situent à bâbord.

Ginger battit des cils.

—Comment se fait-il que vous sachiez exactement où se trouve ma chambre sur ce navire ?

—Je suis le policier officiellement chargé d'enquêter sur ce crime. Il est de mon devoir de collecter ce genre d'information sur chaque passager.

Cette explication générale déçut un peu Ginger. Elle aimait être le point de mire, et cela ne l'aurait pas dérangée que M. Reed s'intéresse en particulier à elle.

—D'accord, dit-elle. Et si nous entrions ?

Il frappa à la porte. Un matelot vint ouvrir et annonça leur arrivée à M. MacIntosh, dorénavant capitaine par intérim.

Il ne sembla pas surpris de voir le policier, mais il haussa un sourcil à la présence de Ginger Gold.

—Que me vaut cet honneur ?

—Si vous me le permettez, j'ai quelques questions à vous poser, dit l'inspecteur principal Reed.

MacIntosh jaugea Ginger du regard. Sachant qu'elle avait affaire à un homme à femmes, elle lui adressa un clin d'œil pour lui donner la fausse impression qu'elle serait intéressée, s'il s'avérait que Mlle Guilford n'était plus libre. Comme elle l'avait prévu, MacIntosh alla s'asseoir dans le fauteuil du capitaine.

—Monsieur MacIntosh, comment le décès du capitaine Walsh vous a-t-il affecté, tant sur le plan personnel que s'agissant des activités ici, sur la passerelle de commandement ?

—Bien sûr, nous avons tous été très attristés et choqués par sa mort, répondit solennellement MacIntosh. Mais en tant que commandant en second du SS *Rosa*, il m'incombe maintenant de m'assurer que tous les passagers arrivent à Liverpool sains et saufs.

Basil Reed griffonna dans son calepin.

—Si je comprends bien, vous êtes à présent le capitaine par intérim de ce navire.

—C'est exact.

L'inspecteur principal regarda son interlocuteur droit dans les yeux.

—Conserverez-vous ce poste à titre définitif ?

MacIntosh ne se détourna pas.

—Cette décision ne m'appartient pas, même s'il n'est pas rare qu'un commandant en second remplace un capitaine s'il est soudain indisposé, et tant qu'aucun officier avec plus d'ancienneté ne se manifeste.

—Et, à votre connaissance, y a-t-il d'autres postulants ?

MacIntosh se raidit.

—Je ne sais pas, monsieur.

—Comment vous entendiez-vous avec le capitaine ?

—Si vous me demandez si nous allions tous les deux au pub pendant notre temps libre, la réponse est non. Mais, à bord, nous étions tous les deux des professionnels.

—À propos de quoi vous disputiez-vous avec le capitaine sur la passerelle ? s'enquit Ginger.

L'inspecteur principal accueillit son intervention d'un œil mauvais.

—Je ne comprends pas. À quoi faites-vous allusion ?

—Je vous ai vus, et vous le savez.

—Oh, ça ? Un simple différend. Rien d'important.

—À quel propos, précisément ? demanda l'inspecteur principal Reed avec intérêt.

MacIntosh poussa un léger soupir.

—Walsh me devait de l'argent et refusait de payer. Il n'a pas apprécié que je le menace de le dénoncer publiquement.

Cette explication concordait avec l'histoire de chantage d'Élise Walsh, pensa Ginger. Le capitaine rencontrait des difficultés à honorer ses dettes.

—Quelles sont exactement vos relations avec Mlle Nancy Guilford ? demanda-t-elle.

L'inspecteur principal Reed lui lança un regard en guise d'avertissement, mais il fit un signe de tête à MacIntosh.

—Répondez à la question.

—Il n'y a rien entre Mlle Guilford et moi, dit MacIntosh. C'est une passagère du SS *Rosa*, et moi un officier supérieur à bord de ce navire. À ce titre, je m'efforce de consacrer du temps à tous nos clients. Nous voulons qu'ils soient heureux et satisfaits.

—Mlle Guilford m'a paru très *heureuse et satisfaite*, dit Ginger. Oups.

Sa main vola à ses lèvres, alors qu'elle affrontait le mécontentement de Basil Reed, armée d'un air faussement contrit.

MacIntosh se leva et tira sur son blazer blanc.

—Qu'insinuez-vous exactement, madame Gold ?

Avant qu'elle ne puisse répondre, l'inspecteur principal Reed tapota doucement le bras de Ginger, l'entraînant vers la porte.

—Merci de nous avoir reçus, monsieur MacIntosh, dit-il avec raideur. Je viendrai vous trouver si j'ai d'autres questions.

De retour sur le pont, Basil Reed perça Ginger d'un regard furieux d'une grande intensité.

—Vous aviez promis de me laisser parler.

—Vous avez vu sa tête ? dit Ginger. Ma question l'a ébranlé. Il sait qu'il s'est fait prendre en plein mensonge, et il a tenté de se dépêtrer comme il pouvait.

L'inspecteur principal Reed s'éclaircit la voix, son irritation à l'égard de Ginger s'amenuisant.

—Il a semblé plutôt secoué par votre question, ou pour être plus précis, par votre scandaleuse accusation.

—Peut-être que l'actrice et MacIntosh ont comploté ensemble de tuer le capitaine, dit Ginger.

—Qu'est-ce qui vous pousse à suggérer cela ?

—Eh bien, MacIntosh et le capitaine Walsh avaient un désaccord. Peut-être n'était-ce pas un problème d'argent, mais de pouvoir. MacIntosh en avait assez de jouer les seconds rôles et n'a pas voulu attendre que son supérieur prenne sa retraite.

—C'est une hypothèse intéressante.

—À moins que le mobile n'ait à voir avec… les charmantes complexités des femmes.

—Pensez-vous que MacIntosh et Mlle Guilford avaient… euh… une liaison ?

Ginger arqua un sourcil.

—Mlle Guilford est très séduisante, n'est-ce pas ?

L'inspecteur principal avala sa salive.

—Je n'avais pas remarqué. Quoi qu'il en soit, s'ils se sont associés, quel serait le mobile de Mlle Guilford, d'après vous ?

—Elle était lasse de devoir partager le capitaine avec sa femme, répondit Ginger. C'est un cas typique de tension entre la maîtresse et l'épouse légitime. L'homme promet à sa bonne amie qu'il quittera sa femme, mais les années passent, et rien ne change.

—Pourquoi ne pas simplement rompre avec le capitaine ? Le tuer semble quelque peu extrême.

Ginger mit une main à sa hanche.

—« L'enfer ne contient pas plus de furie qu'une femme dédaignée », cela ne vous dit rien ?

Basil Reed fronça les sourcils.

—Je suis le premier à admettre que les complexités de la gent féminine demeurent un mystère pour moi.

16

Ginger ne pouvait s'empêcher de multiplier les regards vers l'inspecteur principal assis seul à sa table de l'autre côté de la salle où ils prenaient leur petit déjeuner.

—Allez, reconnaissez que vous le trouvez fascinant, dit Haley avec un sourire.

—Certainement pas ! (Ginger but son café à petites gorgées et changea de sujet.) Ce n'était d'ailleurs pas à *lui* que je m'intéressais, mais à mon nouvel ami, Roy Hardy.

Haley jeta un coup d'œil par-dessus son épaule pour confirmer que le serveur aux cheveux roux travaillait bien près de là où Basil Reed lisait son journal.

D'un air de défi, Ginger ajouta :

—Je lui ai promis de l'aider à conquérir l'élue de son cœur, mais cette affaire m'a occupé l'esprit et je n'ai pas encore trouvé une seule idée.

Haley tendit les deux mains, les paumes vers le haut, les baissant et les levant tour à tour à la manière des plateaux d'une balance.

—Un meurtre, une idylle. Et j'ajouterais que ni l'un ni l'autre ne vous concerne.

—*Pfft.*

Les yeux de Ginger la trahirent et cherchèrent l'inspecteur principal, pile au moment où ce dernier levait la tête. Leurs regards se croisèrent une fraction de seconde, avant qu'elle ne se détourne rapidement. Elle était consternée. Se laisser surprendre de cette manière ! Qu'est-ce qui n'allait pas chez elle ? Ses cinq années d'inactivité depuis la fin de la guerre l'avaient décidément ramollie, se dit-elle.

—Qu'est-ce que vous pensez de cette photo, celle du bambin ? demanda Haley.

Elle, au moins, parvenait à rester concentrée sur l'enquête.

—Rien ne me permet d'affirmer avec certitude qu'elle appartenait à la femme que Scout a surprise, alors qu'elle jetait par-dessus bord cet objet lourd, répondit Ginger avec un soupir. Que l'enfant porte le même prénom que le capitaine relève peut-être d'une simple coïncidence.

—Joseph est un prénom courant. (Haley leva sa tasse presque vide et but la dernière gorgée de café.) Et, à notre connaissance, aucun de nos suspects n'est parent.

—C'est peut-être la photo d'un neveu.

—À moins que quelqu'un d'autre ne l'ait laissée tomber par mégarde et que votre jeune ami se soit trompé en pensant qu'elle appartenait à la femme mystère.

—Exactement. Il se peut que ce soit une distraction, et non un indice.

Haley se leva.

—Je vous laisse continuer à fourrer votre nez partout, madame Gold. N'hésitez pas à me prévenir si vous découvrez quelque chose d'intéressant. Mais, de grâce, évitez de vous faire tuer.

—Je ferai de mon mieux.

Ginger ajusta son chapeau cloche – un modèle en feutre, presque dépourvu de bord – et mit ses gants. Elle n'était pas tout à fait prête à partir et fit signe à Roy Hardy d'approcher.

—Encore un peu de café, s'il vous plaît.

—Oui, madame.

Le serveur revint tout de suite et remplit sa tasse. Elle profita de l'occasion pour lui chuchoter sur le ton de la conspiration :

—J'ai engagé un garçon de l'entrepont pour promener mon chien, Boss. Il a reçu pour instruction de retrouver Mlle Chloe devant mes quartiers à dix heures et demie. Il possède une montre à gousset et est extraordinairement ponctuel. Vous vous rendrez à la cabine 45 sous prétexte de m'apporter une bouteille de vin. Cependant, comme je n'y serai pas, vous donnerez la bouteille à Mlle Chloe, pour qu'elle la dépose dans ma chambre.

Roy Hardy sourit.

—Oui, madame.

—En arrivant là-bas, il est impératif que vous fassiez une chose.

L'expression du serveur devint sérieuse.

—Tout ce que vous voudrez.

—Vous devez vous présenter à Mlle Chloe.

Roy Hardy blêmit, avant de rougir.

—Madame ? Je…

—Écoutez-moi. Vous aurez déjà engagé la conversation. Je vous demande simplement d'ajouter ces mots : « Nous n'avons pas été présentés. Je m'appelle Roy Hardy. » Vous vous en sentez capable ?

Le serveur redressa les épaules avec détermination.

—Oui, madame.

—Bien. Alors, vous m'apporterez un cabernet sauvignon français, entendu ?

Ginger reporta son attention sur Basil Reed, et cette fois, elle ne se détourna pas, quand il surprit son regard. Il plia son journal, le glissa sous son bras et coiffa son chapeau melon, avant de marcher vers elle.

—Bonjour, madame Gold, la salua-t-il en arrivant à sa hauteur.

Elle leva la tête vers lui avec un sourire.

—Bonjour, inspecteur principal.

Il désigna du doigt la chaise libérée par Haley.

—Permettez ?

—Bien sûr.

—Bien dormi ? demanda-t-il poliment.

—Oui. Vous ?

—Comme un loir. Je pense que c'est l'air frais de l'océan.

—Votre enquête ne vous tient pas éveillé ? J'avoue avoir du mal à couper mon esprit.

—Pas moi. Une bonne nuit de sommeil est souvent la clé pour résoudre une affaire. C'est incroyable, la manière dont certains mystères s'éclaircissent le lendemain matin devant une bonne tasse de café.

Ginger leva la sienne.

—Et celui qu'on nous sert à bord est plutôt bon.

—Je suis d'accord.

Elle pencha la tête d'un air faussement timide.

—Alors, avez-vous élucidé cette affaire ?

—Puisque cela vous tient autant à cœur, peut-être devrais-je vous poser la même question ?

—J'ai réfléchi à propos de Mlle Guilford. Et si son mobile n'était ni l'amour ni le dépit, mais l'argent ? Le capitaine avait peut-être prévu quelque chose pour elle dans son testament. S'ils ont rompu, elle a pu vouloir s'assurer qu'il ne modifie pas ses dernières volontés, une fois de retour à Londres.

Basil Reed inclina la tête.

—Vous ne manquez pas d'idées, madame Gold.

—Je lis vraiment beaucoup de romans policiers.

Cet aveu ne lui valut pas un hochement de tête approbateur de l'inspecteur principal.

—Oui, eh bien, je constate que vous avez beaucoup réfléchi à la question.

—De toute évidence, c'est soit Mlle Guilford et M. MacIntosh, soit Mme Walsh et Babineaux.

—Vous semblez bien sûre de vous, dit Basil Reed.

—Je peux me tromper sur les associations, ajouta Ginger, mais j'ai la certitude que c'est un travail d'équipe.

—Un homme fort aurait pu commettre ce crime sans l'aide de personne.

—Un homme seul, même fort, aurait eu du mal à trimballer un cadavre de la cabine du capitaine à la chambre froide du navire, plusieurs ponts plus bas.

L'inspecteur principal Reed marqua une pause un instant, alors qu'il l'étudiait.

—Comment savez-vous où le capitaine a été tué ?

—Oh, ça, répondit calmement Ginger, comme si son entrée par effraction ne tirait pas à conséquence. Mlle Higgins et moi avons rendu visite à Mme Walsh pour lui présenter nos condoléances et lui offrir notre aide. Quand elle s'est trouvée indisposée – son ton suggérait simplement que Mme Walsh était sortie se repoudrer le nez –, Mlle Higgins et moi avons jeté un coup d'œil dans la chambre du capitaine.

L'inspecteur principal Reed s'adossa à sa chaise et poussa un soupir.

—Je ne sais pas très bien si je devrais être impressionné ou affligé par votre ingérence dans cette enquête.

—Impressionné, absolument ! Et soyez tranquille, nous n'avons touché à rien. Nous avons tout laissé en l'état. Nous savons comment fonctionne la médecine légale moderne. Avez-vous pu recueillir des empreintes digitales ?

—Oui. Toutefois, en l'absence d'un groupe d'investigation, j'ai dû les relever moi-même.

Malheureusement, leur analyse devra attendre mon retour à Scotland Yard.

—Avez-vous identifié l'arme du crime ?

L'inspecteur principal s'éclaircit la voix.

—À ce stade de l'enquête, elle n'a pas été trouvée.

—J'ai un témoin qui a observé une femme en train de lancer un objet lourd dans l'océan. À peu près de la taille d'un chandelier.

—Vous avez un *témoin* ? Mais encore ?

—Voyons, je ne peux pas révéler l'identité de mes informateurs. Ils me font confiance.

Basil Reed eut un grognement d'exaspération.

—Qu'est-ce qui vous fait penser que l'arme du crime était un chandelier ?

—Il en manquait un dans la cabine du capitaine. Vous l'avez certainement remarqué ?

—Oui. Je me disais juste que cela avait dû vous échapper.

Ginger lui lança un regard furieux.

—Je ne suis pas une idiote qui n'a rien dans la tête, Basil Reed. J'ai un diplôme universitaire !

La mâchoire de l'inspecteur principal se relâcha.

—Mes excuses. (Il eut la décence de sembler suffisamment contrit.) Je n'avais pas l'intention de me montrer blessant. Les jeunes filles d'aujourd'hui paraissent incapables de prendre quoi que ce soit au sérieux. Elles ne pensent qu'à s'amuser. Je n'aurais pas dû vous juger.

Ginger se laissa aller à un petit sourire.

—J'accepte vos excuses. Mais sachez que je ne suis pas si jeune. J'ai vingt-neuf ans.

En fait, elle avait fêté son trentième anniversaire le mois précédent, mais elle ne se sentait pas encore prête à l'admettre.

L'inspecteur principal, qui était son aîné d'une bonne décennie, se contenta de hocher la tête.

—Alors, votre témoin a-t-il identifié cette femme ?

—Hélas, elle lui tournait le dos et portait un grand chapeau. Et il avait le soleil dans les yeux.

—Très commode.

—Je lui fais totalement confiance.

Basil croisa les jambes et tint un doigt à son menton.

—Ce n'est pas parce qu'une femme le jette par-dessus bord qu'un objet est lié à cette affaire.

—Je suis d'accord, dit Ginger. Seulement, tant que l'arme du crime n'aura pas été retrouvée, nous ne pouvons pas écarter cette hypothèse.

—Admettons. Cela signifie juste qu'une femme pourrait être impliquée, une possibilité à laquelle nos déductions nous avaient déjà conduits.

—Cela indique aussi sa responsabilité dans les coups portés au capitaine. Son complice a peut-être uniquement été recruté pour aider à se débarrasser du corps.

—Ce qui nous ramène à votre théorie d'un travail d'équipe.

—Oui.

—D'accord, *inspectrice principale* Gold, dit Basil Reed avec un sourire espiègle. Que feriez-vous ensuite ?

Ginger sourit gaiement.

—J'irais interroger le cuisinier.

17

On s'activait en cuisine, et Babineaux se redressa, surpris, en voyant Ginger et Basil Reed pénétrer dans ce qu'il considérait comme *son* domaine. Il se ressaisit et se débarrassa de son torchon dans un des grands éviers en acier inoxydable.

—Inspecteur principal, madame Gold, en quoi puis-je vous aider ?

—Je vois que vous êtes très occupé. Désolé de vous déranger, répondit le policier. J'aimerais vous poser quelques questions, si vous avez quelques minutes à m'accorder.

—Bien sûr. Nous serons plus tranquilles et plus à l'aise pour parler dans mon bureau.

Babineaux s'adressa à son personnel en français pour leur donner ses instructions et les informer qu'il s'absentait. Puis, il bascula de nouveau en anglais pour Ginger et l'inspecteur principal.

—Puis-je vous proposer du café ou du thé ?

Tous deux refusèrent poliment. Babineaux se versa une tasse de café ; il le buvait noir.

Basil Reed prit place au bureau en face de Babineaux. Ginger s'assit sur la chaise vide à côté de lui.

—Je pense pouvoir deviner les raisons de votre présence, inspecteur principal, dit le cuisinier. Mais, si je peux me permettre, pourquoi Mme Gold vous accompagne-t-elle ?

Bien que la question s'adressât au policier, Ginger prit la liberté de répondre.

—Pour observer, en qualité de témoin, s'il s'avérait nécessaire un jour d'évoquer cette conversation devant un tribunal.

Son explication surprit autant les deux hommes, mais aucun d'eux ne dit un mot pour la réfuter.

—Vous avez découvert le corps. (Basil prit soin de regarder dans son calepin.) À huit heures, hier matin.

—Oui, monsieur. Je réfléchissais au menu et j'ai voulu vérifier s'il restait des fraises.

—Je vois, dit Basil Reed. Qu'est-ce qui vous a attiré vers le tonneau de cornichons ?

—Je vous ai déjà dit tout cela, inspecteur principal, dit Babineaux, l'air mal à l'aise.

—S'il vous plaît. Il se passait pas mal de choses à ce moment-là, et je tiens à m'assurer que j'ai bien pris note de tous les faits, sans me tromper.

Les épaules de Babineaux semblèrent se relâcher un peu.

—J'allais récupérer les derniers cornichons au fond du tonneau, et j'ai remarqué une tache poisseuse sur le sol. La cuisine, le garde-manger et la chambre froide sont toujours impeccables. J'ai voulu chercher un balai à franges, quand j'ai vu que le couvercle du tonneau était entrouvert.

—Parlez-nous de votre relation avec Mme Walsh, demanda Ginger.

Babineaux se contracta, renversant son café. L'inspecteur principal Reed pinça les lèvres, comme s'il contenait son irritation. Puis, d'un signe de la tête, il indiqua au cuisinier qu'il souhaitait entendre la réponse.

Babineaux essuya le café répandu sur le bureau avec le bord de son tablier.

—Mme Walsh est la femme du capitaine. Elle voyage fréquemment avec son mari en Amérique. Tout le monde en cuisine la connaît. En fait, elle aime bien cuisiner, et il lui arrive même de venir donner un coup de main.

—Et le capitaine Walsh ne disait rien ?

Babineaux grogna.

—Pour être tout à fait honnête, le capitaine Walsh n'était pas le plus prévenant des maris. Du moins jusqu'à cette traversée.

—Pourquoi dites-vous cela ?

—Auparavant, il n'avait jamais remarqué que Mme Walsh aidait en cuisine. Cette fois, quand il s'en est aperçu, il a crié après elle. Il lui a ordonné de sortir. Il a dit que la femme d'un capitaine ne devait pas se mêler à des gens comme nous.

Trahi par sa voix, Babineaux ne semblait plus capable de cacher son mépris.

—Vous n'aimiez pas le capitaine, n'est-ce pas ? demanda l'inspecteur principal.

—Ça n'a pas d'importance. Je faisais mon travail.

—Ça en a en ce qui concerne la femme du capitaine, répliqua le policier.

Le cuisinier rougit jusqu'aux oreilles et se mit à bafouiller.

—Madame Walsh méritait mieux que lui… Le capitaine Walsh connaissait son métier, mais comme mari – *merde* ! (Il regarda Ginger.) Excusez-moi, madame.

—Et si le capitaine devait soudain disparaître ? poursuivit l'inspecteur principal Reed. Ce serait sûrement la fin de ce que vous considérez comme le mauvais traitement de votre « amie ».

—C'est vrai, je pense qu'il la maltraitait !

Ce type plairait à Haley, songea Ginger.

Babineaux continua de bafouiller.

—Je n'ai pas tué le capitaine, si c'est ce que vous insinuez.

—Pas même par amour ? dit Ginger.

Sa question prit le cuisinier au dépourvu. Il recracha la gorgée de café qu'il avait en bouche, atteignant l'inspecteur principal à la figure. Ginger eut une grimace de dégoût, alors que des postillons atterrissaient sur sa robe.

—*Excusez-moi !*

Babineaux appela à l'aide en cuisine, et un matelot arriva en hâte avec un torchon. Il tenta maladroitement de réparer les dégâts sur le policier. Basil Reed lui arracha le linge de la main, et tamponna le café sur son costume et son visage. Il tendit ensuite le torchon à Ginger, qui fit la moue, se demandant si son crêpe de Chine était irrémédiablement fichu.

—J'ai juste avalé de travers, expliqua Babineaux. Je m'excuse, vraiment.

—Ce n'est pas grave, mon vieux, dit l'inspecteur principal en se levant. Je reviendrai, si j'ai d'autres questions.

Hors de portée de voix du personnel de la cuisine, Ginger se pencha vers le policier.

—Une attitude pour le moins suspecte, n’est-ce pas ?

18

Le pouls de Ginger bondit à la pensée du bal imminent. Elle aimait presque autant la danse que la mode. Passant en revue ses robes, elle les disposa sur son lit, l'une à côté de l'autre.

Haley leva brusquement la tête de ses livres.

—Qu'est-ce que vous faites ?

—Je n'arrive jamais à décider exactement quoi me mettre, répondit Ginger.

—Ne pouvez-vous pas examiner votre garde-robe sans réduire à néant nos efforts de rangement en décrochant tous vos vêtements ?

Ginger reporta son attention de ses robes au visage de Haley. À en juger par le ton qu'elle venait d'employer, son amie n'exprimait ni colère ni frustration, simplement un intérêt pour son *modus operandi*.

—J'ai besoin de les voir à la lumière, expliqua-t-elle, un ongle long et verni posé contre son menton. J'attends que l'une d'elles m'appelle.

—Maintenant, vous m'inquiétez.

Ginger lança un regard à Haley.

—Je ne suis pas folle. Pas encore, du moins.

—J'en prends bonne note.

—Elles sont juste toutes tellement somptueuses. J'aurais presque le sentiment d'en tromper une en choisissant l'autre. Vous devez m'aider.

Haley eut l'air désemparée.

—Vous possédez une très belle sélection de robes, mais – et ne le prenez pas mal –, à part la couleur, elles se ressemblent toutes pour moi.

—Haley Higgins ! Comment pouvez-vous dire une chose pareille ? C'est une hérésie !

Haley grogna.

Ginger essaya une ample robe bleue, avec une jupe évasée et une grosse rose amidonnée à la hanche. Elle étudia son reflet dans le miroir, fronça les sourcils et rejeta ce modèle.

—Qu'est-ce qui n'allait pas avec celle-là ? demanda Haley.

—Je ne sais pas. Une impression. Quelque chose ne collait pas, c'est tout.

Après deux autres tentatives, Ginger eut le sentiment d'avoir mis dans le mille avec une robe-chemisier droite couleur or, deux longs pans chatoyants ondoyant depuis la taille. Décorée avec goût de minuscules paillettes en métal, elle était sans manches et son décolleté bateau faisait ressortir les contours crémeux autour des clavicules de Ginger. Elle choisit une coiffe très chic, dont l'aspect évoquait un turban orné de perles, et compléta sa tenue par des bas extrafins et des sandales à lanières avec des talons hauts de cinq centimètres.

—Et maintenant ? Comment me trouvez-vous ?

—Super. Vous êtes magnifique, répondit Haley.

—Vous avez dit la même chose à propos des autres.

Haley haussa les épaules, mais ne nia pas l'accusation.

Ginger la regarda d'un air abattu.

—Oh, Molly me manque vraiment.

—Elle commence à me manquer aussi, dit Haley d'un ton maussade.

Ginger, ignorant la récrimination voilée de son amie, en appela à son goût pour l'histoire.

—Saviez-vous que la salle de bal a servi pour le triage médical à bord pendant la guerre ?

—Ah ? répondit Haley.

—Oui. Les vies de beaucoup d'hommes ont été sauvées là-bas par des infirmières comme vous.

—Fascinant.

—N'aimeriez-vous pas venir la voir ?

—Non.

—*Pfft*. Haley, vous êtes impossible.

—J'ai déjà entendu pire.

—Vous êtes sûre de ne pas vouloir vous laisser convaincre de m'accompagner ? Je trouve tellement dommage que vous manquiez un événement aussi élégant.

—Les bals ne m'intéressent pas, répondit Haley. Je préfère rester ici et avancer dans mes lectures.

—Prenez garde à ne pas vous abrutir à force de travail, dit Ginger, qui tourna sur la pointe de ses chaussures. Il faut savoir s'amuser dans la vie.

—Je vous fais confiance : vous vous amuserez pour deux. (Haley se pencha en arrière et posa ses pieds nus sur une chaise vide.) Notre fringant inspecteur principal sera là, je suppose ?

—C'est fort probable. Il est bon danseur, après tout. Mais ne croyez pas une minute que je vais le laisser monopoliser ma soirée. Il y a assez de gentlemen à bord pour me tenir occupée jusqu'aux premières heures du matin.

—J'ai presque envie de venir juste pour vous regarder. Vous offrez un spectacle merveilleux sur une piste de danse.

—Auriez-vous changé d'avis ? demanda Ginger avec espoir.

Haley eut un sourire narquois.

—Désolée, mais c'est toujours non.

Il fallait réellement faire preuve d'imagination pour se représenter la salle de bal en centre de triage médical, plein de bruit et de sang. Tout avait été repeint et astiqué pour effacer toute trace de mort et de souffrance. Le sol en parquet brillait sous la lumière des lustres suspendus au plafond richement décoré. De luxueux fauteuils tapissés de verts et de roses somptueux formaient des îlots le long des murs. Au fond se trouvait un bar en acajou, avec des porte-verres en cuivre.

Repérant Roy Hardy derrière le bar, Ginger avança vers lui sans se presser. Il portait un uniforme impeccable, tout propre, et était soigneusement coiffé, avec une raie sur le côté.

—Monsieur Hardy, le salua-t-elle.

—Bonsoir, madame Gold, lui répondit-il avec un sourire aimable. Puis-je vous offrir quelque chose à boire ?

—Oui, merci. Un verre de votre meilleur champagne.

—Tout de suite.

Ginger l'observa, alors qu'il faisait sauter le bouchon d'une main experte, puis versait plusieurs centilitres dans une flûte et la lui tendait.

—Comment cela s'est-il passé avec Mlle Chloe ? demanda-t-elle.

Roy Hardy rougit jusqu'aux oreilles.

—J'ai fait comme vous aviez dit, madame.

—Et ?

—C'est difficile à dire. Les présentations sont faites, mais le contenu de son cœur reste un mystère pour moi.

—De petits pas, monsieur Hardy.

—Et maintenant, madame ? Qu'est-ce que vous me conseillez ?

—Vous devez chercher à savoir à quelle heure Mlle Chloe prend sa pause déjeuner. Puis, arrangez-vous pour y aller au même moment. Quand vous la verrez, demandez-lui si vous pouvez vous joindre à elle. Si elle répond oui, ce sera sa manière de vous dire que vous l'intéressez. Si elle trouve une excuse pour refuser, ou si elle vous laisse vous asseoir avec elle, mais sans vous sourire, ce sera non.

La gorge de Roy Hardy se serra.

—Dans un cas comme dans l'autre, je doute que mon estomac supporte un repas.

—Mieux vaut être fixé immédiatement, non ? Si elle n'est pas intéressée, vous n'aurez plus à perdre davantage votre temps. Il y a bien assez de jeunes filles qui seraient heureuses de passer du temps avec vous.

Roy Hardy marqua une pause, avant de demander :

—Vous le pensez vraiment ?

Le jeune serveur manquait singulièrement de confiance en soi. Ginger décida de la renforcer.

—Absolument, monsieur Hardy. Vous êtes ambitieux, intelligent et bel homme. Soyez-en convaincu et n'hésitez pas à vous comporter en conséquence. Affirmez-vous.

—Merci, madame, dit Roy Hardy, avec un sourire jusqu'aux oreilles. Merci beaucoup.

Comme elle l'avait promis à Haley, Ginger dansa la moitié de la soirée avec tous les gentlemen disponibles qui en manifestaient l'envie, mais pas avec l'inspecteur principal Reed. Au point qu'il figura bientôt parmi les rares à ne pas lui avoir demandé une danse. Comme vexée par cet affront, Ginger se surprit à le chercher du regard, oubliant son cavalier du moment. Elle se rappela à l'ordre pour cette faiblesse, bien qu'elle découvrît que le policier adoptait le même comportement. Ils feignaient tous deux de s'ignorer, une attitude d'un ridicule achevé.

Enfin, il traversa la salle et l'invita sur la piste. Elle leva une main gantée et accéda à sa demande.

—Vous n'avez pas ménagé vos pieds, ce soir, madame Gold. J'espère que vous avez gardé un peu d'énergie pour moi ?

—Je crois que oui, inspecteur principal.

Ginger posa la main sur l'épaule de Basil Reed, alors qu'il lui plaçait doucement la sienne dans le haut du dos. Leurs autres mains se joignirent, et Basil lui fit traverser la piste en valsant de façon experte.

—Votre enquête a-t-elle progressé, monsieur Reed ? demanda Ginger.

—Vous, au moins, vous ne perdez pas de temps, répondit-il.

Il hésita, comme s'il se débattait avec sa conscience, mais décida finalement de partager ses découvertes avec elle.

—J'ai interrogé Mlle Patty Applebalm, et elle m'a révélé qu'elle n'était pas seulement l'assistante de Mlle Guilford, mais qu'elles étaient du même sang. Mlle Guilford est la fille de sa sœur.

—Je m'en doutais.

Ginger ne jugea pas prudent de mentionner qu'elle avait elle aussi questionné cette femme.

—Vraiment ?

—Oui. J'ai perçu une familiarité entre elles qui allait au-delà des rapports entre une patronne et son employée. J'en ai naturellement déduit l'existence d'un lien de parenté. (Devant l'expression méfiante de Basil Reed, elle ajouta :) J'avais fait part de mes soupçons à Mlle Higgins. Elle peut le confirmer.

Il inspira, acceptant l'explication de Ginger.

—Les Applebalm étaient d'humbles fermiers dans l'est de l'Amérique, semble-t-il. Apparemment, Mlle Guilford ne ménage pas ses efforts pour que la presse continue de l'ignorer. (Il inclina la tête.) Aviez-vous aussi perçu cela ?

—J'ai bien peur que non, répliqua Ginger. Je suis plutôt perspicace, mais je ne lis pas encore dans les pensées.

—C'est un soulagement, madame Gold. Je commençais à croire que j'avais affaire à quelque créature mystique, et non à un être de chair et de sang.

Ginger éclata de son rire plein d'entrain.

—N'ayez aucune crainte, mon cher inspecteur principal. Je suis aussi humaine que vous.

—Tout de même supérieure à la moyenne, je dirais. Je suis désolé, mais je dois vous avouer avoir demandé des renseignements sur vous. (Puis, il jugea nécessaire de préciser :) Comme je l'ai fait pour tous mes suspects.

Ginger s'écarta et regarda Basil Reed dans les yeux.

—Ah ?

—Il semble que vous ayez plus de talents que vous ne le laissez paraître. Des talents qui se sont révélés utiles pendant la guerre.

Ginger resta impassible.

—J'ignore à quoi vous faites allusion.

—Apparemment, vos activités étaient si confidentielles que même Scotland Yard n'a pas accès à tout votre dossier.

Ginger sourit malicieusement.

—J'ai l'impression que vous faites erreur sur la personne. Ma tâche pendant la guerre était simple. Je m'occupais du standard en France, rien de plus.

Basil Reed ne répondit pas. Ils tournoyèrent sur la piste sans un mot, jusqu'à la fin du morceau. Ginger ne pouvait pas avoir de certitude sur ce que l'inspecteur principal savait au juste de ses activités clandestines pendant la guerre, mais ce n'était plus son problème. Elle tenait ses engagements en gardant le silence.

19

Après tant de danse exubérante, Ginger éprouva le besoin d'apaiser sa gorge avec un verre d'eau gazeuse. Elle retourna à la table où elle avait laissé son boa en plumes et son sac. Alors qu'elle prenait de l'eau, elle aperçut une petite feuille de papier blanc dépassant de sous sa pochette pailletée d'argent. Sa peau devint froide à mesure qu'elle lisait.

Ginger parcourut la salle de bal du regard. Qui pouvait bien être l'auteur de ce message ?

Nancy Guilford dansait avec encore un nouveau cavalier. Trop absorbée par sa conversation avec Basil Reed, Ginger n'avait pas remarqué si l'actrice avait quitté la piste. Elle n'aurait pas eu besoin de beaucoup de temps pour glisser son mot à Ginger, en se rendant aux toilettes, par exemple. Sur la liste des autres coupables potentiels présents au bal figuraient le second, MacIntosh, et Babineaux, qui veillait au bon approvisionnement du bar. Mme Walsh, veuve depuis peu, n'était pas là, bien sûr. Sa participation à la soirée aurait créé un scandale. Ce qui ne l'empêchait pas d'avoir pu jeter un coup d'œil à l'intérieur, ou même d'avoir demandé à un des serveurs de déposer le mot pour elle.

Alors que Ginger était plongée dans ses réflexions, elle eut le sentiment qu'on l'observait. Elle pensa d'abord à Basil Reed, mais un regard dans sa direction lui apprit qu'il dansait avec une autre femme, son attention fixée sur elle. Puis, ses yeux revinrent trouver Babineaux, qui la dévisageait sans vergogne. Cherchait-il à lui faire comprendre qu'il était l'auteur de ce mot ?

Elle empoigna sa pochette et se rendit aux toilettes. Alors qu'elle vérifiait sa coiffure et son rouge à lèvres, elle se demanda comment retourner dans la chambre froide où avait été découvert le corps. Ginger ne pouvait s'empêcher de penser qu'il lui manquait une pièce importante du puzzle. Peut-être un détail lui avait-il échappé ? Tout s'était passé si vite le jour du meurtre du capitaine, et l'endroit avait grouillé de monde. Elle avait besoin de l'inspecter sans personne pour la distraire, que son esprit puisse travailler dans de bonnes conditions. À ce moment-là, peut-être aurait-elle une révélation. Ginger se dirigea vers sa table, mais à mi-chemin, elle tourna les talons. Elle repartit vers les toilettes comme si elle avait oublié quelque chose, mais alors qu'elle arrivait devant la porte, elle fit un crochet et sortit de la salle de bal.

Avec la soirée qui occupait presque tout l'équipage et le personnel, Ginger descendit furtivement dans la cuisine. Quand elle atteignit le niveau des réserves, elle se dit qu'elle risquait de trouver porte close. Elle commença par le garde-manger, qui s'ouvrit sans difficulté. Peut-être n'était-ce jamais fermé à clé par commodité. La chambre froide n'était pas fermée à clé non plus. Elle appuya sur l'interrupteur et entra. Frissonnante, elle serra son boa et sa pochette contre sa poitrine.

Sur les étagères presque vides ne restaient que les provisions nécessaires pour la dernière journée de leur voyage. Au fond étaient alignés les tonneaux. Celui dans lequel avait été découvert le capitaine était démonté et posé contre le mur. Une corde délimitait la scène de crime. Des éraflures sur le sol subsistaient, sans qu'on sache clairement qui les avait laissées, le personnel de la cuisine ou les intrus.

Ginger n'était pas sûre de ce qu'elle espérait trouver, mais rien ne lui sauta aux yeux. Elle se retourna avec une certaine déception. Alors qu'elle se dirigeait vers la sortie, elle se figea. Quelqu'un se tenait sur le seuil.

Elle recula d'un pas, portant une main à son cœur.

—Monsieur Babineaux, vous m'avez fait peur.

Babineaux fronça ses sourcils broussailleux.

—Que faites-vous là, madame Gold ?

Dans la lumière insuffisante, ses pupilles sombres entièrement dilatées lui donnaient un air sinistre. Ginger regardait-elle dans les yeux de fouine d'un tueur ?

—Je réfléchissais juste à l'affaire, répondit-elle. J'ai pensé qu'un indice avait pu m'échapper dans la chambre froide, mais je n'ai rien découvert de nouveau.

Babineaux s'approcha d'un pas, lui coupant toute possibilité de sortie. Ginger était assez intelligente pour ressentir une certaine peur, mais pas assez bête pour la lui montrer.

—Est-ce vous qui m'avez laissé ce mot ?

Le cuisinier cligna des yeux.

—J'ignore de quoi vous voulez parler.

Ginger le fixa du regard. Soit il mentait, soit il protégeait quelqu'un.

—C'est dangereux de traîner seule un peu partout sur le bateau, ajouta Babineaux. Vous n'avez pas le droit d'être là, vous savez.

Les ombres projetées par l'ampoule électrique voisine creusaient des sillons sinistres et menaçants sur le visage du cuisinier. Ginger regretta de ne pas avoir emporté son pistolet dans sa pochette, même si, au moment de se préparer pour le bal, de telles précautions n'avaient pas paru nécessaires. Si elle devait mourir maintenant des mains de Babineaux, parce qu'elle avait oublié son Remington, Daniel ne le lui pardonnerait jamais.

Donnant à ses doigts et à son pouce une forme proche d'un pistolet, elle les pressa contre son petit sac à main et fixa Babineaux du regard.

—Je crois qu'il est dans votre intérêt de me laisser passer.

Les yeux du Français se posèrent sur sa main, son visage indiquant qu'il comprenait la situation.

—Vous, les Américains, vous pensez qu'un pistolet règle tous les problèmes.

—C'est parfois la solution.

Le bluff de Ginger fonctionna, et il s'écarta. Se tenant à bonne distance, elle sortit, avant de se précipiter vers l'escalier.

20

Ginger regagna en hâte le pont supérieur, laissant échapper un soupir de soulagement à mesure qu'elle s'éloignait de Babineaux. Elle avait regardé plusieurs fois par-dessus son épaule pour s'assurer qu'il ne l'avait pas suivie.

À la différence du moment où elle avait quitté la salle de bal pour descendre dans la chambre froide, un flot de passagers avait envahi les coursives. La soirée était-elle déjà terminée ?

Ginger pressentit quelque chose de plus grave. Les expressions sur les visages n'étaient pas celles de gens qui venaient de s'amuser, danser, boire et bavarder ensemble. L'inquiétude et la détresse semblaient accabler tous ceux que Ginger croisait. Elle aperçut M. et Mme Fairchild.

—Que se passe-t-il ? leur demanda-t-elle.

Mme Fairchild lui répondit, d'une voix rendue aiguë par l'angoisse.

—M. MacIntosh a interrompu le bal, parce que nous nous dirigeons vers une tempête. Tout le monde doit retourner dans sa cabine. C'est épouvantable !

Son mari la rassura.

—Allons, allons, ma chérie. M. MacIntosh a précisé qu'il s'agissait d'une simple précaution, pour notre propre sécurité. (Il regarda Ginger, comme s'il craignait d'avoir à réconforter une autre femme hystérique.) C'est une petite tempête, qui passera vite.

Ginger fit de son mieux pour cacher sa stupéfaction en entendant la voix de M. Fairchild. La situation devait lui sembler désespérée, pour qu'il éprouve le besoin de parler.

—Je suis sûre que vous avez raison, répondit Ginger.

L'estomac noué, elle alla retrouver Haley et Boss sans perdre de temps. Effectivement, le vent s'était considérablement levé, soufflant des embruns dans les coursives. La bruine devint plus forte, et il se mit bientôt à pleuvoir à grosses gouttes.

—Vous rentrez tôt, dit Haley, quand Ginger franchit le seuil de leur cabine. Je pensais que ce genre de soirées se prolongeait jusqu'aux premières heures du matin. (Puis, avant que Ginger ne puisse répondre, elle regarda sa robe complètement trempée.) Qu'est-ce qui vous est arrivé ?

—M. MacIntosh a interrompu le bal à cause d'une tempête imminente. Il pleut à verse dehors.

—Vraiment ? Je n'avais pas remarqué.

Cela ne surprit pas Ginger. Quand ses études l'absorbaient, plus rien n'existait pour Haley.

Ginger retira ses habits mouillés et remplaça sa tenue de bal par une simple robe de jour. Bien qu'il soit assez tard pour mettre des vêtements de nuit, elle avait le sentiment que ce ne serait pas prudent avec une tempête qui se préparait. Nul ne savait ce qui pouvait se passer, ou qui on risquait de rencontrer.

—Comment ça se présente ? Mal ? demanda Haley.

—Je n'étais pas dans la salle de bal au moment de l'annonce. M. Fairchild m'a informée que ce n'était pas grave, et qu'on nous renvoyait dans nos cabines par simple mesure de précaution.

Haley leva le menton.

—Autant éviter que quelqu'un ne tombe accidentellement par-dessus bord.

Ginger vérifia que leur porte était bien verrouillée.

—Ou que quelqu'un profite de la tempête pour se débarrasser d'une gêneuse.

—Êtes-vous inquiète pour votre propre sécurité ? demanda Haley.

—Faire preuve de prudence ne peut pas nuire. Il s'est passé quelque chose de perturbant entre Babineaux et moi ce soir.

Haley se pencha en avant.

—Je vous écoute.

Ginger lui raconta l'incident avec le cuisinier dans la chambre froide.

—Vous auriez d'abord dû venir me chercher, lui reprocha Haley en fronçant les sourcils. S'il n'avait pas été dupe de votre bluff avec le pistolet, vous pourriez bien nourrir les requins à l'heure qu'il est.

—Tout me portait à croire que le personnel était occupé par le buffet du bal à ce moment-là, expliqua Ginger. J'ai honnêtement pensé que je pouvais aller discrètement jeter un coup d'œil et ressortir en l'espace de quelques minutes. Babineaux devait me surveiller, et m'aura suivie.

—C'est extrêmement suspect.

Avant que Ginger ne puisse répondre, un coup de roulis fit glisser les livres de Haley de la table. Boss dressa soudain la tête et laissa échapper un gémissement plaintif.

—Tout va bien, Bossy.

Ginger le plaça sur ses genoux et attira son visage contre le sien, trouvant du réconfort au contact de son poil doux.

Haley ramassa ses livres, les reposant sur la table juste au moment où le bateau tanguait de l'autre côté, les envoyant dans la direction opposée.

—Je pense que nous devrions fermer les écoutilles, dit-elle, récupérant ses livres éparpillés une seconde fois, pour les mettre dans un des tiroirs de la commode. Les chandeliers ne bougeront pas, c'est déjà ça.

—Ça ne vous ennuie pas de ranger mes chaussures ? dit Ginger. Je ne veux pas lâcher Boss.

Haley les porta dans la penderie, qu'elle verrouilla.

—Autant éviter de recevoir un de ces talons en pleine tête, commenta-t-elle.

Un nouveau coup de roulis provoqua l'effondrement de la tour de cartons à chapeau qui se dressait dans le coin, faisant pleuvoir les chapeaux de Ginger dans toute la cabine. Elle grimaça en voyant le sol jonché de ses couvre-chefs adorés, laissés sans protection. Elle n'eut pas le temps de les ramasser avant que le SS *Rosa* ne se remette à tanguer violemment.

—Accrochez-vous ! dit Haley.

Ginger tint fermement Boss contre sa poitrine, alors qu'elle empoignait de toutes ses forces la main courante en cuivre fixée le long du mur.

Les lampes électriques rendirent l'âme, les plongeant dans le noir.

Oh, Seigneur !

Cette tempête lui rappelait son voyage entre Le Havre et Boston en 1918. À l'époque, son bateau avait dû affronter le mauvais temps au milieu de l'Atlantique. Ballotée dans sa cabine, Ginger en avait été quitte avec une blessure au bras. Mais, sur le moment, elle avait bien cru qu'elle ne tarderait pas à rejoindre Daniel au paradis. Son estomac s'était révolté au point qu'elle s'estimât heureuse d'avoir un seau à proximité, dût-elle manquer de distinction un instant. Encore aujourd'hui, il lui suffisait d'y penser pour avoir des sueurs froides. Ginger avait eu à faire face à de nombreux périls dans le passé, mais aucun ne l'effrayait autant que l'idée de se noyer.

—Vous vous sentez bien ? demanda Haley, qui se cramponnait à la main courante de l'autre côté de la pièce.

—Ça va aller. C'est juste que je n'aime pas m'imaginer mourir en mer.

—Personne ne va m…

La proue se leva brusquement à un angle dangereux. Ginger et Haley lâchèrent toutes les deux prise et se retrouvèrent projetées à travers la cabine. Heureusement, leurs lits amortirent le choc. Boss glapit, alors qu'il tombait par terre.

—Boss !

Le navire se redressa, permettant à la pauvre bête de courir vers sa maîtresse.

—Haley, si nous devons mourir cette nuit, je veux que vous sachiez que je vous aime comme une sœur.

—Oh, Ginger. Vous savez que je partage ces sentiments, mais nous n'allons pas mourir.

—Comment le savez-vous ?

—Une intuition. Puis, nous ne pouvons pas mourir sans avoir d'abord prouvé votre innocence.

—Vous avez tout à fait raison, infirmière Higgins.

La tempête persista dans son intensité pendant une bonne heure. À force de constamment devoir s'arc-bouter, Ginger sentit que ses jambes fatiguaient. Elle se réjouit de n'avoir pas beaucoup mangé ce soir-là. Nul doute que le travail des femmes de chambre n'aurait rien de ragoûtant dans les cabines de certains passagers, quand tout serait rentré dans l'ordre.

Le vent et la pluie finirent par se calmer, et Haley alluma les bougies. Ginger réconforta Boss, tandis qu'il lui rendait la pareille à pleine langue. Elle s'apitoya sur Haley, qui n'avait personne.

Ginger leva Boss en direction de son amie.

—Voulez-vous le tenir un peu ?

Haley renifla doucement.

—Je passe mon tour.

Après avoir aidé Ginger à ramasser ses chapeaux et à les ranger dans leurs cartons respectifs, elle remit ses livres sur la table.

—Je suppose que je vais devoir étudier à la lueur des bougies.

Ginger se reposa sur son lit, avec Boss tout contre elle, des pensées confuses se mêlant dans sa tête. Elle réfléchit à la révélation de l'inspecteur principal Reed et à ses soupçons sur sa vie privée. Le mystère entourant son nom l'avait-il rendue plus suspecte dans l'esprit du policier, ou moins ?

Puis, il y avait Babineaux, qui venait de faire un bond en avant dans la liste des suspects. Il avait un mobile et l'occasion de commettre le crime, mais Ginger ne s'expliquait toujours pas pourquoi il aurait gardé le corps au lieu de s'en débarrasser. La piste du grand banditisme suggérée par Haley n'était pas une mauvaise idée. Il était tout à fait possible que Babineaux ait besoin d'apporter à quelqu'un la preuve de la mort du capitaine Walsh.

Toutefois, dans ce cas, sa « découverte » du corps n'avait aucun sens. S'il n'avait pas révélé où il se trouvait, tout le monde aurait supposé que le capitaine avait fini par-dessus bord.

—Je pense que je vais en rester là pour ce soir, dit Haley, alors qu'elle refermait ses livres et rangeait ses crayons dans un tiroir.

Ginger décida de l'imiter et remplaça sa robe de jour par ses vêtements de nuit. Après s'être débarbouillée dans les toilettes, elle alla se coucher. Après les violentes embardées que venait de connaître le SS *Rosa*, elle espéra que son balancement rythmique et apaisé l'aiderait à s'endormir.

Haley souffla les bougies et lui souhaita bonne nuit.

Ginger allait lui faire écho, quand elle se souvint d'un détail.

—Haley, j'ai presque oublié de vous en parler. Quelqu'un m'a laissé un mot.

Ginger sentit Haley changer de position dans son lit pour lui faire face.

—Qu'est-ce qu'il disait ?

—« Dans votre propre intérêt, mêlez-vous de vos affaires. »

21

Au grand soulagement de Ginger, la tempête s'apaisa pendant la nuit, et le soleil perça de nouveau à travers les nuages le lendemain. Ni elle ni Haley ne se sentaient d'attaque pour un copieux petit déjeuner anglais. Elles décidèrent qu'une matinée au calme s'imposait et se contentèrent donc de rapporter un simple verre de jus d'orange dans leur cabine.

Ginger choisit de garder Boss avec elle, après leur courte visite au chenil (qui empestait pire qu'avant ; elle plaignit sincèrement ces pauvres gens de l'entrepont). Elle expliqua à Scout, qui, constata-t-elle avec satisfaction, n'avait pas souffert de la tempête, que Boss, pas encore tout à fait remis, devrait rester avec elle pour la journée.

—Avez-vous l'intention d'informer l'inspecteur principal Reed de votre rencontre troublante avec Babineaux ? demanda Haley.

—J'y ai songé, répondit Ginger. Mais il est vrai que j'étais dans mon tort, me trouvant sans permission dans la chambre froide. Hormis le langage corporel menaçant de Babineaux – que j'ai pu mal interpréter ; il faisait très sombre, et nous avions probablement tous les deux l'air patibulaires –, le cuisinier n'a eu aucun comportement déplacé. Je crains que l'inspecteur principal me lance un de ses regards hautains, assorti d'un sermon m'incitant à lui laisser le métier de policier.

—Ce n'est pas un mauvais conseil, dit Haley avec force. Si Babineaux est le tueur, vous pourriez réellement mettre votre vie en danger.

Ginger était d'accord.

—Il est manifestement très épris de Mme Walsh et se sent obligé de la protéger. Apparemment, le capitaine pouvait se montrer parfois cruel, en paroles en tout cas.

—Vouloir libérer sa bien-aimée en détresse est un puissant mobile pour un meurtre.

Ginger croisa gracieusement les jambes.

—Mme Walsh a son propre mobile.

—Exact : la maîtresse.

—C'est si triste un mariage malheureux, dit Ginger d'un air sombre.

—Je préfère rester célibataire, répondit Haley. Alors, qu'advient-il de Nancy Guilford et du second, M. MacIntosh ? Ils sont de mèche, d'une manière ou d'une autre. Il n'avait aucune raison valable d'aller la retrouver dans sa cabine.

—Mlle Guilford et le commandant en second ont chacun un mobile potentiel pour le meurtre du capitaine, dit Ginger. Peut-être ne sont-ils pas des amants, mais de simples alliés réunis par un objectif commun.

—En tout cas, si ce n'est pas le cuisinier et la femme, c'est probablement l'actrice et le second.

—Malheureusement, nous n'avons aucune preuve.

Haley hocha la tête.

—Et le temps presse.

Vers midi, elles avaient retrouvé suffisamment d'appétit pour se diriger vers la salle à manger. Des matelots continuaient de travailler énergiquement pour évacuer à coups de balai toute l'eau et les débris de l'océan que les vagues avaient jetés sur le pont. Ginger et Haley se cramponnèrent l'une à l'autre pour éviter une chute sur la surface glissante.

En arrivant dans la salle spectaculairement vide, Ginger se dit que de nombreux passagers toujours couchés se remettaient encore de la tempête. Après un repas léger, Ginger chercha Boss, et Haley et elle se joignirent à quelques voyageurs plus vaillants sur le pont principal, chacune s'installant sur un transat pour profiter du soleil. Boss, lui, se détendit à l'ombre entre elles.

Ginger ajusta son chapeau de paille gris, le large bord relevé sur le devant et décoré avec deux brins de faux raisin.

—Je m'étonne que vous n'ayez pas décidé de retourner dans notre cabine pour étudier.

—Même Dieu a pris un jour de repos.

—Ah, nous sommes dimanche ?

Haley ferma les yeux et inclina son menton en direction des rayons du soleil.

—Pour moi, oui.

Peu à peu, davantage de passagers les rejoignirent pour profiter de l'air frais et du soleil, après être restés cloîtrés pendant la tempête. Les dames portaient des robes de jour légères en coton ou en rayonne, avec des chapeaux de paille et des gants blancs. Les messieurs s'en tenaient à des costumes en lin de couleur claire et casquettes assorties. Des enfants bien habillés s'accrochaient aux jupes de leurs mères, et Ginger repéra une petite fille vêtue d'une jolie robe-chemisier Jeanne Lanvin.

Un homme en chemise blanche et fine cravate noire sous un pull Fair Isle ralentit en passant et mit la main à son chapeau pour saluer Ginger. Elle sourit et le suivit du regard, alors qu'il rejoignait une femme allongée sur un fauteuil plus loin dans la même rangée.

—Les hommes ! dit Haley avec colère. Ce type n'hésite pas à vous faire des avances, alors qu'une dame l'attend déjà à quelques mètres.

—Les meilleurs sont morts à la guerre, répondit Ginger, soudain redevenue sérieuse.

—Oh, ma chérie, je suis désolée. (Haley tendit la main pour serrer celle de Ginger.) Je peux être si maladroite parfois.

—Ce n'est pas grave. Maintenant, où en étions-nous ?

—En train de résoudre un mystère.

—Oui. C'est tellement plus amusant que les hommes.

Haley sourit, et Ginger rit.

Élise Walsh finit par faire une apparition dans sa classique robe noire cintrée, convenant si bien à une femme en deuil. De longs gants en dentelle noire atteignaient ses coudes, et un voile, noir également, fixé à son chapeau à bord court, cachait en partie ses yeux.

Ginger nota avec intérêt qu'elle avait repris des couleurs.

—Mme Walsh n'a jamais eu aussi bonne mine.

—Connaissez-vous l'expression « veuve joyeuse » ? répondit Haley.

Mme Walsh passa devant elles sans les saluer. Ginger allait l'appeler, quand Nancy Guilford tourna au coin du pont principal et faillit entrer en collision avec Élise Walsh. La violence de leur rancœur était palpable. Si elles avaient été des hommes, et non des femmes raffinées, Ginger se dit qu'une bagarre à coups de poing aurait vraisemblablement éclaté.

—Ces deux-là ne s'aiment guère, observa Haley après un moment.

Ginger partageait cet avis.

—Chacune soupçonne probablement l'autre.

—Et l'une d'elles a sans doute raison.

22

Nancy Guilford alla s'accouder au bastingage, le regard tourné vers l'océan. Elle sortit une cigarette de son étui, sans s'embarrasser d'un fume-cigarette. Elle l'alluma et inspira profondément, avant de lâcher une bouffée de fumée entre ses lèvres fardées rouge vif et de tirer aussitôt de nouveau dessus. Ginger y vit une indication du trouble que la rencontre avec Mme Walsh avait suscité en elle.

Elle se leva, tirant sur la laisse de Boss, fit un signe de la tête en direction de l'actrice, et Haley la suivit.

—Bonjour ! lança Ginger.

Nancy Guilford les regarda approcher avec prudence.

—Bonjour, mesdames, comment allez-vous ?

—Très bien, répondit Ginger. Quelle belle journée !

—Surtout après la tempête d'hier, dit Nancy. La pauvre Patty a passé la nuit dans les toilettes, à se vider l'estomac.

—Excepté cet épisode malencontreux, nous avons eu un été particulièrement agréable, dit Haley. Je suis heureuse d'avoir échappé à l'humidité.

—Ah, ça oui ! renchérit Nancy, alors qu'elle soufflait une nouvelle bouffée de fumée. C'est pour cette raison que je préfère autant la Côte Ouest. Los Angeles a des étés délicieusement secs.

—Qu'est-ce qui vous amène en Angleterre ? demanda Ginger.

—Mon agent veut me présenter à un dramaturge important. Il croit que je serais parfaite pour le rôle principal dans sa prochaine pièce.

Ginger trouva cela difficile à imaginer, avec la voix de crécelle de l'actrice, mais elle dit :

—Cela semble passionnant.

Nancy haussa les épaules et laissa tomber sa cigarette dans l'océan.

—C'est du travail.

Patty approcha, elle avait encore un peu mauvaise mine.

—Votre café, mademoiselle Guilford, dit-elle, tendant une tasse à Nancy.

Nancy la prit sans un mot de remerciement, et Ginger se demanda par quoi elle tenait Patty Applebalm, pour que son aînée soit aux petits soins pour elle de cette manière.

Patty attendit de nouvelles instructions. Quand rien ne vint, elle alla s'installer sur un des transats.

Ginger baissa la voix.

—Patty est-elle avec vous depuis longtemps ?

—Oh, Patty ? (Nancy jeta un coup d'œil à son assistante.) Oui. C'est un vrai bourreau de travail. Pour ainsi dire pas de famille, je n'ai donc pas à m'inquiéter qu'elle me laisse tomber. Elle n'a pas à se plaindre, vous savez. Pour une femme de son âge, ce n'est pas facile de trouver du boulot, sans parler de quelque chose de correct.

Nancy Guilford avait sa version de sa pseudo-relation avec sa tante, qu'elle connaissait sur le bout des doigts.

—Je suis sûre qu'elle vous est très redevable, dit Ginger.

Les yeux de Nancy brillèrent d'une lueur indéfinissable avant qu'elle ne change de sujet.

—Et vous, mesdames, quels sont vos projets en Angleterre ? Un petit tour au théâtre ? J'ai entendu dire qu'il y avait quelques très bonnes pièces à l'affiche en ce moment.

—Non, rien d'aussi palpitant, répondit Ginger.

Elle retraça les circonstances du décès de son père, parla de la succession à régler et de l'entrée de Haley en école de médecine.

—Ben mince alors ! s'exclama Nancy d'une voix forte. Une femme docteure ! Je suis impressionnée.

Ginger crut à la sincérité de Nancy. Son intérêt de pure forme à l'égard de Haley avait disparu, remplacé par une réelle admiration.

—Puis-je vous demander, dit Ginger, si l'inspecteur principal Reed vous a donné une idée de l'identité du responsable de la mort du capitaine ? Ou de celle du maître chanteur ?

Nancy se raidit à cette question, mais elle se ressaisit aussitôt, entra dans son rôle et sourit.

—Non, à mon grand regret. Mais quel bel homme ! Nous avons prévu de nous retrouver à Londres pour boire un verre.

L'estomac de Ginger réagit curieusement à la pensée de Basil Reed voyant Nancy Guilford en société. Mais elle l'ignora et répondit.

—Je suis sûre qu'il vous fera passer un agréable moment.

Une brise de fin d'après-midi se leva, emmêlant les mèches blondes dénouées des cheveux de Nancy.

—J'ai été ravie de bavarder avec vous, mais je dois me protéger du vent. (Elle fit un geste à Patty.) Un foulard !

Patty se leva de son transat et revint vers Nancy, avec une sacoche en cuir. Alors que Nancy s'éloignait déjà, Patty plongea la main à l'intérieur pour en extraire un carré de soie aux couleurs vives. Elle le donna à l'actrice, qui le passa au-dessus de la tête et le noua sous le menton. Elle les salua de la main, agitant ses longs doigts fins.

—À la prochaine !

Ginger et Haley la regardèrent partir.

—Intéressant, dit Haley.

Boss tira sur sa laisse et flaira un petit objet sur le sol. Ginger se précipita pour l'examiner et le ramassa.

—Bon chien, Boss.

—Qu'est-ce que c'est ? demanda Haley.

—Il a dû rester accroché au foulard de Nancy.

Ginger lui montra un bouton de manchette solitaire, dont la fleur de lys brillait dans les rayons du couchant.

—Je pense savoir qui est notre couple meurtrier.

23

Ginger eut une idée, elle en fit part à Haley, et elles se séparèrent. Ginger déposa Boss dans leur cabine, puis repartit en direction de la coursive à tribord, où elle alla frapper à la porte de Mlle Guilford. Nancy Guilford ouvrit, comme si elle attendait quelqu'un, son expression de joie virant à la consternation. Elle portait une robe soyeuse et tenait deux flûtes à champagne vides.

—Vous arrosez quelque chose ? dit Ginger.

Sans attendre qu'on l'invite à entrer, elle dépassa l'actrice en la bousculant.

—Hé, une minute ! Vous ne pouvez pas faire irruption chez moi comme ça.

—Qui espériez-vous ? répliqua Ginger. Votre complice ?

Nancy joua les innocentes.

—J'ignore absolument de quoi vous voulez parler.

Elle posa les flûtes sur la commode et alluma une cigarette, cette fois en utilisant un fume-cigarette en ébène. Puis, elle s'assit avec langueur dans un fauteuil, croisant ses longues jambes.

—Ai-je mentionné que j'étais une de vos grandes admiratrices ? dit Ginger. J'ai vu tous vos films.

Entendant cela, Nancy se redressa un peu.

—Par courtoisie, et parce que je suis une grande admiratrice, j'ai pensé que je devais vous dire que…

Elle laissa sa phrase en suspens, jusqu'à ce qu'elle soit certaine d'avoir capté l'attention de Nancy.

—Me dire quoi ? s'impatienta l'actrice.

—… que Mme Élise Walsh vous a mise en cause dans le meurtre de son mari.

Nancy souffla une bouffée de fumée.

—La femme accuse la maîtresse. Comme c'est original !

—Elle affirme détenir une preuve.

Pour la première fois, Nancy parut troublée. Elle battit des cils.

—C'est du bluff.

À leur arrivée, Ginger avait remarqué que la porte donnant sur la pièce attenante était entrouverte. Elle ne fut donc pas surprise quand la personne qui les écoutait décida de les rejoindre.

—Bonjour, madame Applebalm.

Patty cloua Ginger d'un regard d'acier, mais s'adressa à Nancy.

—Tout va bien, mademoiselle Guilford ?

—Tout marche comme sur des roulettes, Patty. Mme Gold partait justement.

—Comme vous voudrez, dit Ginger d'un ton désinvolte. Une femme avertie en vaut deux.

Comme elle arrivait à la porte, quelqu'un frappa de l'autre côté.

—Monsieur MacIntosh ! Tiens ! Vous ici !

Les yeux du commandant en second allèrent de Ginger à Nancy, et Nancy se contenta de hausser les épaules.

—Elle s'est pointée sans y avoir été invitée.

—Est-ce un nouvel exemple de votre courtoisie ? poursuivit Ginger. Venir s'assurer qu'une passagère est confortablement installée ? J'attends toujours votre visite dans ce cas. (Elle croisa les bras.) En fait, je trouve l'atmosphère ici de plus en plus « inconfortable ».

MacIntosh se redressa et fit appel à l'autorité de sa position pour se dispenser de répondre.

—Mademoiselle Guilford, puis-je vous proposer de m'accompagner… ailleurs, où nous pourrons avoir une discussion en privé ?

Elle écrasa sa cigarette dans un grand cendrier en porcelaine et se leva d'un bond.

—Oui, volontiers.

—Mais, monsieur MacIntosh…, protesta Ginger.

Le commandant en second la coupa, pointant un doigt dans sa direction.

—Je n'ai pas à justifier mes faits et gestes auprès de vous, madame Gold.

Alors qu'il tendait la main vers la poignée de la porte, quelqu'un d'autre frappa.

—Tout le monde s'est donné rendez-vous dans ma cabine aujourd'hui, ma parole ! s'exclama Nancy.

La porte s'ouvrit sur Mme Walsh. Ses yeux injectés de sang et la rougeur enflammée de ses joues en disaient long. Elle ne parvint pas à se calmer, même après s'être rendu compte que Nancy Guilford n'était pas seule.

—Tout va bien, madame Walsh ? s'inquiéta MacIntosh.

—Qu'est-ce que vous venez faire ici ? voulut savoir Nancy.

Élise Walsh lui lança un regard furieux.

—Nous devons parler en privé.

—Pourquoi ? Pour que vous puissiez m'accuser de meurtre ?

Mme Walsh avança à travers la pièce.

—Comme vous l'avez fait pour moi ?

Haley avait joué son rôle auprès d'Élise Walsh, pendant que Ginger s'occupait de Nancy. À présent, chacune pensait que l'autre femme l'avait rendue responsable de la mort du capitaine.

—Je ne vous ai accusée de rien ! cria Nancy.

—Mesdames, mesdames, intervint Ginger. Peut-être puis-je vous aider. (Elle leur présenta le bouton de manchette, et le silence se fit, alors qu'il attirait tous les regards.) Ceci est tombé sur le pont, mademoiselle Guilford, quand Mlle Applebalm a sorti votre foulard de son sac. Ce bouton de manchette appartenait au capitaine Walsh.

Les yeux de MacIntosh se fixèrent sur Nancy Guilford.

—Le capitaine et moi avions une liaison, dit-elle, sur la défensive. Ce n'est un secret pour personne.

—Madame Walsh, c'est vous qui avez l'autre, je crois ? poursuivit Ginger.

—Et alors ? Pourquoi n'aurais-je pas les boutons de manchette de mon propre mari ?

—Ah, vous aviez donc les deux, n'est-ce pas ? Vous les aviez pris sur sa table de toilette pour qu'il ne puisse plus les porter.

—Pour quelle raison aurais-je fait cela ? dit Mme Walsh avec amertume.

—Parce que vous saviez que Mlle Guilford les lui avait offerts. C'est pour cela qu'il a dit qu'ils avaient une valeur sentimentale.

La gorge de Nancy se serra.

—Comment le savez-vous ?

Ginger ouvrit un tiroir de la commode et en sortit un ticket de caisse.

—Une paire de boutons de manchette en argent, gravés d'une fleur de lys, récemment achetée au Boston Jewelers Exchange.

La bouche charnue de Nancy se crispa.

—J'ai pu jeter un coup d'œil en passant, lors de notre visite, expliqua Ginger. Vous devriez vraiment mieux fermer vos tiroirs, quand vous recevez.

Nancy croisa les bras sur sa poitrine.

—C'était un effort inutile de ma part pour le pousser à quitter cette sorcière, mais je ne l'ai pas tué.

Ginger se tourna vers Patty Applebalm.

—Vous aimez profondément votre nièce, n'est-ce pas ? Elle est tout ce qui vous reste de votre chère sœur. (Puis, elle répéta les paroles que Mme Fairchild avait prononcées plus tôt.) Vous seriez *prête à tout* pour Nancy, je me trompe ?

Le regard de Nancy croisa celui de Patty Applebalm, et la pièce sembla se figer. Elle secoua la tête.

—Non, non, ce n'est pas ce que vous croyez.

Ginger pencha la tête et montra le bouton de manchette.

—Vraiment ?

Mlle Applebalm pointa du doigt Élise Walsh.

—C'est d'abord elle qui l'a frappé !

—Patty ! (Le visage de Nancy avait maintenant viré à une nuance de rouge qui ne l'avantageait guère.) La ferme !

—« D'abord elle » ? répéta l'inspecteur principal Reed depuis le seuil de la porte restée ouverte. Est-ce à dire que vous avez porté le coup suivant, mademoiselle Applebalm ?

Ginger aperçut Haley qui se tenait à côté du policier et leva le pouce en signe de victoire. Mais l'instant d'après, Patty Applebalm était derrière Ginger et lui passait le foulard aux couleurs vives de Nancy autour du cou.

La voix de Patty Applebalm trembla, alors qu'elle criait :

—Tout le monde dehors, ou je lui ferai du mal !

24

L'inspecteur principal Reed leva les mains.

— Allons, calmez-vous.

—Tante Patty, dit Nancy, visiblement ébranlée. Vous n'avez pas les idées claires. Lâchez Mme Gold, et nous parlerons de tout cela de façon rationnelle.

Patty secoua énergiquement la tête.

—Ni vous ni moi n'irons en prison pour cet ignoble individu. Et pas non plus pour cette rosse, son idiote de femme.

—Patty, je vous prie, l'implora Nancy. Ce n'est pas la solution.

—Vous en voyez une autre ? rétorqua-t-elle avec colère. Cet homme vous a déshonorés, vous et votre enfant.

Nancy écarquilla les yeux sous l'effet de l'incrédulité.

—Patty !

—C'est la vérité, autant que tout le monde l'apprenne. Cet homme méprisable n'a même pas eu la décence de prendre soin de sa propre progéniture. Il les a laissés se débrouiller tout seuls.

Élise Walsh s'effondra contre la commode.

—Je le savais !

Nancy Guilford se laissa tomber sur son fauteuil. Son secret n'en était plus un. Ginger eut pitié d'elle – une mère célibataire, sans soutien financier, inquiète pour le bien-être de son enfant. Pas étonnant qu'elle et le capitaine aient eu des mots.

—Faisiez-vous chanter le capitaine Walsh, mademoiselle Applebalm ? demanda Ginger.

La gêne occasionnée par le foulard serré autour de son cou restait supportable. Elle était donc prête à patienter pour obtenir des aveux complets.

—Oui, et je n'ai pas le moindre remords. C'était la seule manière de donner à cet enfant la chance d'une vie décente. Ma nièce se comporte peut-être comme si elle était riche, mais, croyez-moi, c'est une mascarade. On la paie une misère.

Nancy gémit comme une âme en peine.

La voix de Patty Applebalm se fit plus aiguë.

—Il a menacé de tout révéler à la police, de nous dénoncer. Je suis allée lui parler dans sa cabine, et quand Mme Walsh nous a surpris tous les deux…

(Patty rit d'un rire hystérique.) Elle l'a frappé sous l'effet de la jalousie. La jalousie ! Vous vous rendez compte ? Comme si j'allais permettre à cet homme de toucher un cheveu sur ma tête ! J'ai juste fini ce qu'elle avait commencé.

—C'était la goutte d'eau ! cria Élise Walsh. L'humiliation de trop, peu importe la raison pour laquelle mon mari vous avait laissée entrer dans sa chambre, espèce de vache insignifiante.

Comme si elle avait une expérience hors corps, Ginger vit la scène d'une position objective. Nancy, défaite, effondrée dans son fauteuil, telle une poupée de chiffons. Élise Walsh, sur le côté, s'agitant comme un animal pris au piège. L'inspecteur principal et Haley, en travers de la porte, se demandant quoi faire maintenant, alors qu'ils observaient Ginger et celle qui la retenait. MacIntosh, regardant tour à tour chaque personne, les bras vers l'avant, comme s'il pensait empêcher les choses de dégénérer par la force de son esprit.

Ginger avait déjà connu des situations où elle se trouvait en danger de mort. Dans la France de 1917, la peur avait été une présence de tous les instants. Elle y avait effectué des missions périlleuses, mais sa formation lui avait appris à ne pas paniquer. Quelles que soient les circonstances, elle évaluait ses chances et elle savait choisir parmi les actions possibles la plus susceptible de les garder en vie, elle et son entourage. Dans le cas présent, Ginger était la seule à courir un danger immédiat. Elle avait mal à la gorge, à cause des efforts qu'elle faisait pour respirer, et des étoiles apparaissaient à la périphérie de sa vision.

Ginger se demanda si Patty Applebalm avait conscience qu'en Angleterre, la peine prévue pour un meurtre était la mort par pendaison.

Sentant le caractère désespéré de sa propre situation, Mlle Applebalm cria :

—Tout le monde dehors !

Elle resserra le foulard autour du cou de Ginger.

Ginger se débattit, leva les mains vers sa gorge.

Haley paniqua.

—Faites ce qu'elle dit !

Elle recula vers la sortie. L'inspecteur principal Reed avança d'un pas vers Ginger, alors même qu'Élise Walsh se ruait sur la porte. Mais il l'attrapa par le bras et la tint fermement. Les yeux de Patty ne perdirent rien de cette soudaine activité, tandis que le policier passait les menottes à son ennemie jurée.

Profitant de sa distraction, Ginger donna un rapide coup de coude dans le ventre de Patty Applebalm. La tante de Nancy Guilford se plia en deux, le souffle coupé, relâchant sa prise sur

Ginger. Cette dernière retira le foulard de son cou et l'utilisa pour lier les mains de Patty Applebalm derrière son dos.

Ginger se tourna vers Basil Reed et sourit.

—Ravie que vous ayez pu vous libérer, inspecteur principal.

25

Ginger avait présumé la culpabilité d'Élise Walsh. Mais, s'agissant de savoir qui, de Nancy Guilford ou Patty Applebalm, protégeait l'autre, elle avait eu des doutes jusqu'au bout. Quand Mme Fairchild avait affirmé avec force que Mlle Applebalm était *prête à tout* pour Nancy, Ginger s'était demandé si cela incluait le meurtre. Il s'était avéré que oui.

Mme Walsh craignait que les dernières volontés du capitaine soient nulles sans un corps, ou à tout le moins que leur exécution prenne beaucoup de retard. Or, pour subvenir à ses besoins futurs, elle tablait sur le fait d'être l'unique légataire. Avec l'aide du chariot que le capitaine avait commandé pour son tête-à-tête avec Mlle Guilford, les deux femmes avaient réussi à descendre le corps dans la chambre froide. Puis, elles l'avaient caché à l'intérieur du tonneau de cornichons presque vide, où il devait se conserver. Élise Walsh avait remis à Patty Applebalm l'un des boutons de manchette à fleur de lys, en signe de leur pacte éphémère. La malchance avait voulu que Babineaux tombe sur le corps aussi vite.

Ginger alla à l'entrepont pour récupérer Boss au chenil.

—Mon cher Scout, dit-elle, alors que le garçon lui rendait son petit compagnon. Merci beaucoup de t'être occupé de Boss, et de ta discrétion pour le reste.

—C'est rien, m'dame. Moi et Boss, on s'entend vraiment bien. Il me manquera, mon vieux pote.

—Je suis sûre que tu lui manqueras aussi.

Le moment était venu de se dire au revoir, et l'émotion qu'elle éprouvait la surprit.

—Vas-tu rester à Londres ? Tu dois certainement aller à l'école quelque part ?

—J'ai mon cousin Marvin pour m'apprendre tout ce que j'ai besoin de savoir.

Ginger eut envie d'empoigner le garçon au visage guilleret et de s'enfuir avec lui. Sans y avoir réfléchi, elle lui dit :

—Tu pourrais venir habiter chez moi, si tu veux. Tu aurais un foyer sûr, la possibilité d'apprendre à lire et à écrire dans de bonnes conditions.

—Oh, non m'dame. Mon cousin a besoin de moi. Dans ce monde, je n'ai rien à faire avec les gens distingués comme vous. Puis, je dois penser à mon vieil oncle.

Ginger soupira. Elle traitait Scout comme si elle avait affaire à un chiot égaré, qu'elle se proposait de recueillir. Mais de quel droit ? Il avait une famille. Par ailleurs, elle n'avait même pas l'intention de rester à Londres. Qu'allait-elle faire ? L'enlever aux siens pour le ramener à Boston ?

—Je comprends tout à fait. Mais j'espère tout de même que nous aurons l'occasion de nous revoir.

—Oui, m'dame. Ce serait chouette.

Ginger tapota affectueusement le garçon sur la tête, puis elle tira sur la laisse de Boss. En repartant, elle prit soin de sourire à tous les gens qu'elle croisait dans l'entrepont.

Elle eut un pincement au cœur en songeant que c'était la dernière fois qu'elle récupérait son chien au chenil, si simple et banale que soit cette tâche. La dernière fois aussi qu'elle marchait sur le pont de première classe, respirant l'air salin et regardant la proue du SS *Rosa* fendre les eaux froides de l'Atlantique. Elle aperçut au loin une fine tranche brune sur l'horizon – la terre. Elle prit une seconde pour profiter de cette beauté. La vie avait appris à Ginger que nul ne savait ce que l'avenir lui réservait. Elle avait bien retenu la leçon et entendait jouir de chaque moment, solidement ancré dans le présent.

—Madame Gold !

Le son de la voix de Roy Hardy arracha Ginger à sa rêverie.

—Bonjour, monsieur Hardy !

Il arriva en courant vers elle sur le pont, le visage rouge d'effort et, présuma Ginger, d'excitation.

—Ça a marché ! Votre plan a marché ! Mlle Chloe m'a souri et m'a invité à déjeuner. Et, maintenant, nous avons prévu de nous revoir à Liverpool pour prendre un verre !

Ginger applaudit.

—Je suis tellement contente pour vous, monsieur Hardy, et je ne suis pas surprise. Vous êtes un excellent parti !

—Vous êtes trop bonne.

—*Pfft.* C'est la vérité. Et n'hésitez pas à me rendre visite à Londres, si vous êtes de passage.

Ginger ignorait pourquoi elle avait lancé cette invitation. Elle était sincère dans son désir de revoir le jeune homme et l'élue de son cœur, mais à moins qu'ils ne viennent dans la capitale dans le mois, elle serait repartie pour l'Amérique.

Il lui serra la main avec une gratitude exubérante, avant de retourner en hâte à la tâche qu'il avait brusquement laissée en plan en l'apercevant.

Quand Ginger tourna au coin en direction de sa cabine, elle reconnut Mlle Guilford, qui contemplait mélancoliquement les flots. Elle avait les bras croisés sur une robe de jour à fleurs turquoise, avec un large col marin blanc drapé sur ses épaules. Un chapeau à large bord orné d'un long ruban en satin blanc protégeait ses yeux de l'éclat aveuglant du soleil qui déclinait à l'ouest.

—Mademoiselle Guilford, l'appela Ginger. Tout va bien ?

—À merveille, ma chère, répondit-elle sans un sourire.

Ginger nota son ton sarcastique.

—Je suis vraiment désolée pour tout ce qui s'est passé.

—Patty s'est mêlée de ce qui ne la regardait pas. Elle n'a pensé qu'à elle.

Une larme, une seule, vint démentir la véhémence dans sa voix, trahissant l'affection qu'elle éprouvait pour sa tante.

Le jugement de Nancy était sévère, mais Ginger ne pouvait pas la contredire. Patty avait fait chanter le capitaine à propos de son enfant naturel, raison pour laquelle il avait emprunté de l'argent au père de Ginger, une somme qu'elle n'était pas sûre de revoir un jour.

—Elle était malavisée et perturbée, je vous l'accorde, dit-elle. Mais je suis convaincue qu'elle vous est chère.

—Qu'en savez-vous ? dit Nancy en se renfrognant. Vous ne me connaissez absolument pas.

Ginger lui montra la photo du bambin qu'elle avait gardée dans sa poche.

—Je crois que ceci vous appartient.

Nancy la saisit de ses doigts tremblants.

—Où l'avez-vous trouvée ?

Ginger n'avait pas l'intention de révéler ses moyens et ses méthodes. Au lieu de répondre, elle poursuivit :

—Vous n'avez pas menti en affirmant être allée dans la cabine du capitaine le soir de sa mort. Mais vous n'y étiez pas parce qu'il vous y avait invitée. Non : votre tante vous a avoué ce qu'elle venait de faire. Vous êtes allée là-bas pour chercher l'arme du crime et la jeter par-dessus bord, n'est-ce pas ? Pour la protéger. C'est pour cette raison qu'elle n'a pas été retrouvée.

Nancy la regarda avec des yeux tristes, mais elle ne dit rien. Son silence confirma à Ginger qu'elle était dans le vrai. Ça, et le « grand chapeau à bords flottants » sur la tête de Nancy, différent de tous ceux que Patty ou Élise Walsh avaient portés pendant la traversée.

26

Il restait juste assez de temps pour faire ses bagages, avant l'heure prévue pour l'arrivée du SS *Rosa* à Liverpool. Ginger avait réservé une chambre à l'hôtel pour elle et Haley, et elles prendraient le train pour Londres le lendemain.

—Je peux vous aider ? proposa Haley, dont les deux valises étaient bouclées depuis longtemps.

Les malles et les valises de Ginger étaient pleines, et ses cartons à chapeau empilés.

—Je ne pense pas. Le porteur ne devrait plus tarder.

—Y aura-t-il quelqu'un qui nous attendra à notre arrivée à Hartigan House ? demanda Haley. Ou allons-nous trouver un endroit désert ?

—Vous savez, répondit Ginger, je n'en suis pas sûre. À part Pips, tout le personnel présent à

Hartigan House aura été engagé par mon père, ou peut-être par Pips lui-même.

—Qui est Pips ?

—Clive Pippins est le majordome. Il est à Hartigan House depuis mon enfance. (Ginger gardait le souvenir d'un homme toujours gentil avec elle.) Je l'appelais Pips, et lui m'appelait « petite demoiselle ». Je ne l'ai pas vu depuis deux décennies. J'ai eu un immense chagrin, quand mon père m'a demandé de lui dire au revoir.

—D'heureuses retrouvailles, alors ? dit Haley.

—J'en suis sûre.

Haley jeta un coup d'œil par le hublot.

—Je n'en peux plus d'être enfermée. Cette attente me rend folle. (Elle se tourna et regarda le chien.) Et si j'emmenais le *boss* en promenade ?

—Bonne idée, approuva Ginger.

Quelques moments de solitude ne lui feraient pas de mal.

Après le départ de Haley et Boss, Ginger prit une profonde inspiration et se laissa envahir par le calme. Elle sortit un dernier objet du tiroir de sa table de chevet – une photo en noir et blanc d'un bel officier en uniforme du Royal Army Service Corps.

—Je serai bientôt là, mon lieutenant chéri.

Ginger embrassa délicatement la photo, avant de la glisser dans son sac à main.

On frappa doucement à la porte, et Ginger eut la surprise de trouver Basil Reed devant le seuil.

—Inspecteur principal, dit-elle avec un sourire.

—Appelez-moi donc Basil.

—Basil. Entrez. Et vous devez m'appeler Ginger.

—Ginger ? Est-ce un surnom ?

—Oui. J'ai reçu le nom de mon père – Georgia, pour George – à la naissance, mais ma mère m'appelait Ginger. (Elle tapota son carré court.) À cause de mes cheveux. Elle disait qu'un George dans la famille suffisait.

Basil sourit.

—Ça me plaît.

—J'aimerais pouvoir vous offrir quelque chose à boire, mais hélas, nos bagages sont faits.

—Ce n'est pas grave. Je ne peux pas rester longtemps. Je voulais juste, euh, vous remercier de votre aide aujourd'hui. Sans vous, je ne suis pas sûr que j'aurais élucidé ce meurtre avant que le SS *Rosa* n'arrive à quai.

—Il n'y a pas de quoi. À part le bref épisode de suffocation à la fin, je me suis plutôt bien amusée.

—Oui. Ç'a aussi été un moment particulièrement désagréable pour moi. Je suis également venu vous remettre ceci. (Il avança d'un pas vers Ginger et lui tendit une feuille de papier pliée en deux.) Le concierge allait vous l'apporter, et je lui ai dit que je me chargerais volontiers de cette course pour lui.

—Un télégramme ?

—Oui. Je vais vous laisser maintenant, pour que vous puissiez le lire en privé. (Il lui offrit sa main.) Peut-être aurons-nous l'occasion de nous revoir à Londres.

—J'en serais ravie.

Dès que l'inspecteur principal eut refermé la porte derrière lui, Ginger ouvrit le télégramme.

DÉCOUVERTE ÉPOUVANTABLE DANS GRENIER HARTIGAN HOUSE – STOP – ATTENDONS VOTRE ARRIVÉE POUR INSTRUCTIONS – STOP – PIPPINS

Remerciements

Un grand merci à mes éditeurs, Angelika Offenwanger et Robbi Brandt ; à mes premières lectrices, en particulier Caroline Andrews, dont l'assistance m'a été précieuse pour trouver le ton juste avec le personnage du jeune Scout, et Heather Belleguelle, qui m'a aidée à traquer les coquilles typographiques, et à rester fidèle à l'époque et à la culture britannique.

Je suis aussi très reconnaissante à celles et ceux qui prennent le temps de chroniquer mes livres, et à mes abonnés sur Facebook, qui me lisent et passent du temps avec moi.

Je ne sais pas comment je me débrouillais avant que Shadi Bleiken ne devienne mon assistante. Je t'embrasse !

Comme d'habitude, tout mon amour va à ma famille, en particulier à mon mari, Norm, pour sa confiance sans faille, et à mes copines Lori, Donna, Shawn et Norine.

UN SQUELETTE DANS LE PLACARD

LEE STRAUSS

Après des années passées en Amérique, Ginger Gold, jeune veuve un peu excentrique, est de retour à Londres pour vendre sa maison d'enfance. Un séjour banal qui se complique quand Boss, son petit chien, découvre le corps momifié d'une femme dans le grenier. Shocking ! Qui est la victime ? Depuis combien de temps est-elle là ? À ses risques et périls, Lady Gold se lance dans une délicate enquête aux côtés de sa dynamique dame de compagnie et du séduisant inspecteur Basil Reed. Les indices semblent tous converger vers une soirée organisée dans la maison dix années plus tôt. Ni une ni deux, pour enfin lever le voile du mystère, Ginger décide d'organiser une nouvelle soirée, en invitant les mêmes convives que dix ans auparavant. Une idée géniale ? Pas sûr, car avant la fin de la soirée, un nouveau meurtre est commis…

Délicieusement *british* : une irrésistible série de cosy mysteries !

LE MANOIR DES MAUVAIS ESPRITS

LEE STRAUSS

Alors qu'elle séjourne à Londres, Lady Ginger Gold est priée de venir toutes affaires cessantes à Bray Manor, la demeure familiale campagnarde. Objets déplacés ou disparus, tableaux décrochés, bruits étranges : il semblerait qu'un fantôme veuille faire tourner sa grand-mère en bourrique ! Évidemment, Ginger, jeune veuve excentrique qui a les pieds sur terre, ne croit pas du tout aux revenants. Sans doute n'est-ce rien d'autre qu'une mauvaise blague d'un domestique ou d'un invité... Mais, lorsqu'un meurtre est commis au cours d'un bal, plus personne ne rit. Est-ce un règlement de comptes déguisé en histoire à dormir debout ? Et quels secrets dissimulent les invités, à priori sans histoires ? Détective amateur, Ginger va devoir faire preuve d'astuce et de courage car elle est bien persuadée d'une chose : le meurtrier n'est pas un mauvais esprit, mais bel et bien un criminel de chair et de sang…

Délicieusement *british* : une irrésistible série de cosy mysteries !

MEURTRE EN HAUTE COUTURE

LEE STRAUSS

Toujours aussi insoumise et farouchement indépendante, Lady Ginger Gold inaugure en grande pompe sa boutique de mode dans le Londres effervescent des années 1920. Pour la soirée de gala, tout le gratin est présent, un véritable événement mondain. Mais lorsque la grande-duchesse Olga de Russie est retrouvée assassinée dans une cabine d'essayage, c'est le désastre ! Ginger n'a d'autre choix que de mener l'enquête. S'agit-il d'un vol qui a mal tourné ? Ou bien d'un concurrent qui veut saboter la boutique avec une mauvaise publicité ? Avec l'aide du séduisant inspecteur Basil Reed, Ginger doit se dépêcher de démasquer le meurtrier. D'autant que les malheurs se succèdent autour d'elle lorsque le petit ami de sa belle-sœur disparaît et qu'un autre meurtre est commis…

Délicieusement *british* : une irrésistible série de cosy mysteries !

Achevé d'imprimer en avril 2024
sur les presses de la Nouvelle Imprimerie Laballery
58500 Clamecy (Nièvre)
Numéro d'impression : 404208

Imprimé en France

La Nouvelle Imprimerie Laballery est titulaire de la marque Imprim'Vert®